ふしだらな蜜宴

睦月影郎

双葉文庫

目次

ふしだらな蜜宴

第一章　目眩く初体験の誘い

1

（さあ、これからどうしようか。大学に残るか働くか……）

伸司は、自室のベッドに座って考え込んだ。

都下郊外にある、２ＬＤＫの賃貸マンションである。自室は六畳の洋間で、机と本棚とベッドだけ。両親が住んでいた他の部屋は、ようやく四十九日も済んで片付けが終わったところだった。

そう、先々月に両親が旅行中の交通事故で呆気なく他界し、伸司は天涯孤独な境遇にようやく慣れてきたところであった。

自家用車で旅行中、対向車線からはみ出したダンプと正面衝突。両親は元々国許から駆け落ちで上京してきたので、親戚付き合いは一切ない。

父、勇介は電機工場で働き、母、小百合はスーパーのパートだった。

それでも伸司は大学に入れてもらい、やっと休みを取った両親が中古の車で旅行に出たら運悪く事故に巻き込まれたのである。

青山伸司は二十歳の大学二年生、国文科だから真っ当なら将来は国語教師になるのだろうが、彼は人前で喋るのが苦手だし、現代の生意気な中高生など相手にしたくないので出来れば文筆業で生計を立てたいと思っていた。

ならば大学など中退し、持ち込み原稿の執筆に専念しようと思ったのである。

両親の生命保険と賠償金で、いくばくかの金は手にした。だが収入がなければすぐ底を突くのが目に見えている。

学費も馬鹿にならないので、まずは金のあるうち小さなマンションでも買って住まいを確保し、残金のあるうちバイトしながらデビューできれば良い。

少なくとも、友人のいない大学に未練は無かった。

伸司は馴染んだ室内を見回して思った。

(そう、一度くらい、ここへ女の子を連れて来たかったな……)

夏休み中には、この部屋ともお別れすることになるだろう。

伸司は色白で痩せ型、勉強はまあまあだったがスポーツは全て苦手で、今まで彼女が出来た例はなかった。

片思いは山ほどしてきたが、一人で空しく日に二度三度とオナニーするだけで女性とまともに話したこともない。一生懸命働いている両親からの少ない小遣いで風俗へ行くのも気が引け、まだファーストキスどころか手を握ったことすらないのだった。

そして悲しみが癒えつつある今、両親もいなくなったこの2LDKに一度でいいから女性を連れ込んで初体験したいと思ったのである。

まあ、大学にも親しい女性はいないし、とにかくここを引き払い、そうしたことは新居で考えれば良いだろう。

（うん、やはり退学しよう……）

伸司は決心し、立ち上がって部屋を出た。

八月中旬、夏休み中だが大学の事務局は開いている。

本当は、わざと学費を滞納して自然退学を待てば、その間しばらくは大学の図書館や学割が使えるのだが、それもセコいし彼の僅かな矜持に反する。

やはり新生活に向かうには心機一転し、ゼロからスタートすべきだろうと思った。

そして退学届を出し、不動産屋に行ってワンルームでも良いから持ち家のマンションを探せば良い。ここの大家も伸司には同情してくれていたので、今月末で急に出ると言っても納得してくれるだろう。

すでに両親の部屋にあったベッドや衣類などは処分し、あるのは二人の位牌だけである。リビングのテーブルやテレビ、キッチンの冷蔵庫や電子レンジ、自分の分の食器は新居へ持っていき、残りは業者に処分してもらう。

大学をやめて引っ越すことを決意すると、もう全ての執着が消え去り、今後の自分のことだけ考えようと思った。

二階から階段を下りてマンションを出ると、伸司は通りに出る前に、いきなり一人の女性に声を掛けられた。

「青山伸司さんですね」

「え……？」

驚いて見ると、三十前半のメガネ美女が彼を見つめている。暑いのにスーツ姿だが、その整った顔は涼しげだった。

セミロングの髪で化粧も薄く、何やら大学職員のような雰囲気だった。

「そうですけど」

「お話があります」

「いえ、結構です。どうせ親の事故死を知って、保険金目当ての投資話か宗教の勧誘でしょう」

伸司は答え、足早に彼女から離れた。この一月ばかり、どこで親の死を知ったのか、そんな連中が次から次に押しかけてきたのである。

そして伸司は、駅に向かう近道で公園を横切ろうとした。

すると、そこで勧誘よりももっと嫌な二人と鉢合わせしてしまった。

「おい、青山。もう保険金は入ったんだろう」

「少し貸してくれねえか」

二人が言う。

こいつら、吉村と高田は、伸司と中学高校が一緒で、今は働きもせずブラブラして、在学中から今になっても街で声を掛けてきては伸司から金をせびっている不良たちである。

中学時代からパシリでコキ使われ、懸命に働いた両親にもらった小遣いを巻き上げてきた奴らだ。

二人とも大柄で喧嘩自慢、在学中に補導されたことは一度や二度ではなく、今も派手なシャツを着て髪を染めている。

伸司が引っ越そうと考えたのも、こいつらと出会わない街へ行きたかったからだった。

「どうなんだ。賠償金も入ったんだろ。これからＡＴＭへ行こうぜ」

吉村が伸司の腕を摑(つか)んで言い、反対側からは高田が身を寄せ、うむを言わさず歩きはじめた。

伸司はどうにか振り切って逃げようと思ったが、全身が震えてままならない。それに逃げたところで、すぐに取り押さえられるだろう。

そして二人に挟(はさ)まれながら公園の出口へ向かったところで、またさっきの女性が姿を現した。

「何だよ、あんたは」

正面に立った女性に、吉村が怪訝(けげん)そうに言う。

メガネ美女は、うっすらと笑みを浮かべて口を開いた。

「そう、彼から金を巻き上げていたのはお前たちね」

「なに……」

「伸司さん、合計でいくらぐらい取られた？」

女性が、伸司に向かって言う。

「ちゅ、中学の頃からだから、全部で百万ちょっとかな」

「おい！　そんなにもらった覚えはねえぞ！」

高田が気色ばんで伸司の胸ぐらを摑んだ。

「いや、全部メモしてあるので……」

「てめえ！」

二人が左右から伸司を小突こうとしたが、正面から迫った女性が二人の手首を摑んで捻り上げた。

「い、いててて……！　何するんだ、この女……」

二人が顔をしかめて言い、女性の力によって伸司から引き離された。

同時に、吉村と高田が宙に舞い、一回転して地面に叩きつけられたのだ。

「うぐ……！」

「ぐええ……！」

二人は奇声を発して地に伏し、呆然と見ていた伸司は、合気道の技だろうかと思った。

「私は、人のものを盗む奴が大嫌い。金でも命でも、物でも誇りでも。いま二人で百万も持っていないでしょうから、せめて痛みと治療費で償いなさい」

女性は言うなり、二人の襟首を掴んで半身を起こさせ、それぞれの顎を掴んで渾身の力を込めた。

同時にゴキリと鈍い音がし、二人の顔が縦に倍ほども伸びた。

「あが……！」

二人は呻いて大口を開いた。どうやら顎の骨を外されたようだ。

「さあ、人間のクズども。早く医者へ行かないと元通りにならないわ。治療費が百万を超えるかも知れないけど」

女性が言うと、二人は大口を開けて涎を垂らし、支え合いながら立ち上がると足早に逃げ去っていった。

それを見送った女性が、あらためて伸司に振り返った。

「まず、どんな名医でも治せないわ。一生顎が外れて食事は流動物だけ」

彼女が涼しげに言う。

「それで、お話ししたいのだけど」

「あ、あの、あなたは……？」

伸司が恐る恐る訊くと、彼女は息一つ乱さずに名刺を差し出してきた。

見ると、『月影製薬、会長秘書、天羽奈保美』、住所は長野と書かれていた。

「月影……？」

「そう、あなたのお母様、小百合さんの旧姓」

「え……？」

「月影太一郎会長、あなたのお爺さまの依頼で会いに来たのよ」

メガネ美女、奈保美が笑みを含んで言う。伸司は驚きながらも引き返し、彼女をいま出てきたばかりのマンションへと招き入れたのだった。

2

「小百合さんは太一郎会長の一人娘。それが家業を嫌って二十年ちょっと前、従業員と駆け落ちをして、家を出てしまったの」

奈保美がリビングで言い、伸司は冷蔵庫からペットボトルの麦茶を出し、二つのグラスに注いでから向かいのソファに座った。

もちろん奈保美は、座る前に彼の両親の位牌に手を合わせてくれた。

「探すのにずいぶんかかったけど、交通事故のニュースで二人の名が出たので」

「そうでしたか……、じゃあ、父も長野の……？」

「ええ、青山勇介さんは家族のいない使用人の一人、小百合さんと相思相愛になって駆け落ちしたわ。どうせ太一郎会長に反対されるからって」

奈保美が静かに言い、麦茶を一口飲んだ。

どうやらお嬢様だった母の方が積極的で、父を誘って家を飛び出したのだろう。

「そう……。僕は両親から、生い立ちや馴れ初めのことなんか一度も聞かされませんでした……」

「とにかく、会長の血筋は伸司さん一人だけなのよ。大学をやめて、ここも引き払って、跡継ぎとして長野へ来てほしいの」

奈保美が本題に入り、身を乗り出して言う。

「え、ええ……、どうせ今日にも退学届を出して、引っ越すつもりでいましたので……」

「そう、じゃあこれから私の車で行きましょう。大学への手続きや、ここの解約はうちのスタッフに任せてもらいたいから、必要な物だけ車に積んで」

「これからですか。何て急な……」

伸司は言ったが、両親のルーツを知りたいと思った。

それに目の前の奈保美は、何とも魅力的なのである。伸司は、女性と差し向かいで、こんなに話をするなんて生まれて初めてのことだった。

しかも吉村と高田が、伸司の知り合いにやられたと通報するかも知れない。

もっとも顎が外れて喋れず、筆談するにもろくに漢字も書けないだろうから時間がかかるだろう。

それでも、早くここを離れた方が良いかも知れない。

「跡継ぎって、製薬会社ですか？　僕の専攻とはずいぶん畑違いになるけど」

「ええ、会社は一族の遠縁が運営しているけど、会長の直系には屋敷で特別な仕事があるの」

奈保美が、社の概要を説明してくれた。

月影製薬は、町に本社と工場を持ち、漢方を中心にしたごく普通の製薬会社として土地の人たちから有り難がられている。

しかし山間にある屋敷内では、代々伝わる秘薬の精製を行い、それが伸司の仕事となり、母親が嫌がった家業なのだろう。

「秘薬……？」

「まあ、ごく一部のお金持ちのお年寄りだけに売る精力剤」

「はあ……」

「ところで、伸司さんは精力は強い方かしら……」

奈保美が話を切り替え、彼の貧弱な肢体を見つめた。

「せ、精力と言っても女性に触れたことがないので……、ただ自分では、日に二回か三回はしてるけど……」

伸司は、美女を前に顔を熱くさせながら正直に答えた。

「まあ、毎日二回か三回できるなんて、さすがは会長の孫だわ。会長は八十歳になるので、もう週に一回ぐらいしか出来ず、早く跡取りを欲しがっているの」

奈保美も、際どい話を淡々と言った。

八十歳で週に一回射精出来るのなら、比較対象がないのでよく分からないが、恐らく相当に強い方なのだろう。

そして秘薬作りとは、射精に関することなのだろうか。

「身体を見てもいい？」

奈保美が、熱い眼差しでじっと彼を見つめて言う。

伸司はレンズ越しの視線が眩しく、俯きながら小さく頷いた。

「じゃ、伸司さんのお部屋へ」

奈保美が立って言うので、伸司も股間を熱くさせながら立ち上がり、彼女を自室へと招き入れた。

図らずも、引っ越しを決意したその日に、美女を部屋に入れることになったのである。

「じゃ、全部脱いで下さいね」

奈保美が室内を見回して言い、伸司も胸を高鳴らせ、モジモジとシャツとズボンを脱ぎはじめていった。

屋敷へ連れて行く前の身体検査だろう。あるいは奈保美はナースの資格でも持っているのかも知れない。

「もし、初体験の相手が私で良いのなら脱ぐけど」

「え、ええ、どうか是非お願いします……」

脱ぎながら勢い込んで言うと、奈保美も頷いてスーツを脱ぎはじめてくれた。

初めて母親以外の女性が入った室内に、たちまち生ぬるく甘ったるい匂いが立ち籠めはじめた。

先に全裸になり、彼はピンピンに突き立ったペニスを震わせながらベッドに横になり、脱いでゆく奈保美を見つめた。

彼女もためらいなく手早く脱いでゆき、見る見る白く滑らかな肌を露わにしていった。そして、こちらに背を向けてブラを外し、最後の一枚を脱ぎ去ると、白く形良い尻がこちらに突き出された。

（ああ、本当にこの美女を好きに出来るんだろうか……）

伸司は思い、初対面のとき何かの勧誘と間違え、突っけんどんにして済まなかったと思った。

やがて一糸まとわぬ姿になった奈保美が、メガネだけは掛けたまま向き直り、ベッドに上がってきた。

（うわ、何て色っぽい……）

形良い乳房が息づき、さらに甘ったるい匂いとともに美女の肌が迫った。

しかし奈保美は冷静な眼差しで伸司を仰向けにさせ、両手の指で彼の頬や首筋に触れ、口を開けさせ奥まで覗き込んできた。

さらに胸や脇腹、下腹部も触診してから、いよいよ最大限に勃起したペニスに熱い視線を注いできた。

「すごい、勃ってるわ……」

奈保美が呟いたが、彼は決まり悪くて黙っていた。

何しろ、勃起時のペニスを人に見られるなど初めてのことなのだ。

彼女は青筋立った幹をそっと撫で、張り詰めた亀頭にも触れると、尿道口から粘液が滲んできた。

「ああ……」

「なるべく我慢して。最後までしたいのなら」

快感に喘ぐと奈保美が言い、彼も素直に小さく頷いた。

奈保美は彼の股を開かせて腹這いになり、指先で陰嚢を探ってきた。二つの睾丸をいじり、袋をつまみ上げて肛門の方まで覗き込んだ。

そして顔を上げたので、どうやら健康体というのが分かってもらえたらしい。

「さあ、好きにしていいわ」

奈保美が添い寝して言うので、伸司も身を起こし、仰向けになった彼女の乳房に迫った。

息づく膨らみを目の当たりにすると、彼は吸い寄せられるようにチュッと乳首を含み、舌で転がしながらもう片方を指で探った。

奈保美はピクリとも反応せず、じっとレンズ越しに彼の仕草を見つめていた。

童貞が、どのように愛撫するのか観察しているのかも知れない。

伸司は顔中を押し付けて柔らかな膨らみの感触を味わい、もう片方の乳首も含んで舐め回した。

そして両の乳首を充分に味わうと、彼は奈保美の腕を差し上げ、腋の下にも鼻を埋め込んだ。

スベスベの腋は生ぬるく湿り、甘ったるい濃厚な汗の匂いが籠もっていた。

やはり朝から運転して上京し、しかもさっきは二人の不良を相手に戦ったのだから、当然汗ばんでいるのだろう。

伸司は美女の体臭でうっとりと胸を満たしてから、色白の滑らかな肌を舐め下りていった。

形良い臍を探り、張り詰めた下腹に顔を埋めて弾力を味わうと、彼は腰から脚へと舐め下りていった。

やはり肝心な部分を舐めると、すぐにも入れたくなってあっという間に済んでしまうだろう。せっかく美女が、好きにして良いと言って身を投げ出しているのだから、隅々まで味わいたかった。

スラリと長い脚はスベスベで、彼は足首まで下りると足裏に回り込み、踵から土踏まずを舐め、形良く揃った足指に鼻を押し付けた。

指の股は生ぬるい汗と脂に湿り、蒸れた匂いが濃く沁み付いていた。

（ああ、美女の足の匂い……）

仲司は感激と興奮に息を弾ませ、ムレムレの匂いを貪（むさぼ）った。

そして爪先（つまさき）にしゃぶり付き、順々に全ての指の股に舌を割り込ませて念入りに味わったのだった。

3

「あう……、シャワーも浴びてないから汚いのに……」

初めて奈保美が呻き、ビクリと反応して言った。

仲司は両足とも、味と匂いを貪り尽くすとようやく顔を上げた。

「どうか、うつ伏せに」

言うと彼女も素直に寝返りを打ち、形良い尻と滑らかな背中を見せた。

仲司は彼女の踵からアキレス腱（けん）、脹（ふく）ら脛（はぎ）から汗ばんだヒカガミ、太腿（ふともも）を舐め上げていった。

尻の丸みをたどり、腰から背中を舐め上げていくと、ブラのホック痕（あと）は淡（あわ）い汗の味がした。

肩まで行って髪の匂いを嗅（か）ぎ、掻（か）き分（わ）けて耳の裏側の湿り気も嗅いで舌を這（は）わせ、そして再び背中を舐め下り、脇腹にも寄り道してから尻へと戻っていった。

うつ伏せのまま股を開かせて腹這い、両手の指でグイッと谷間を広げると心地よい弾力が伝わり、ひっそり閉じられた薄桃色の蕾が見えた。

（何て綺麗な……）

単なる排泄器官なのに、それは実に清らかで美しい眺めだった。

伸司は見惚れ、可憐な蕾に鼻を埋め込んで嗅いだ。蒸れた匂いが籠もって鼻腔が刺激され、彼は舌を這わせて細かな襞を濡らし、ヌルッと潜り込ませて滑らかな粘膜を探った。

「く……！」

奈保美が呻き、キュッと肛門できつく舌先を締め付けてきた。

彼は舌を出し入れさせるように動かし、微妙に甘苦い粘膜を味わった。

「も、もう……」

違和感に彼女が言い、拒むように尻をくねらせた。

ようやく彼は顔を上げ、再び奈保美を仰向けに戻した。

奈保美が寝返りを打つと、伸司は彼女の片方の脚をくぐり、開かれた股間に顔を寄せた。

白くムッチリと張りのある内腿をたどって中心部に迫ると熱気と湿り気が顔中を包み込んできた。目を凝らすと、股間の丘には黒々と艶のある恥毛が程よい範囲に茂り、割れ目からはみ出すピンクの花びらがヌラヌラと清らかな蜜に潤っていた。

とうとう女体の神秘の部分に辿り着いたのだ。

彼は興奮に胸を高鳴らせながら、そっと指を当てて陰唇を左右に広げた。

微かにクチュッと湿った音がし、中が丸見えになった。

綺麗なピンクの柔肉が大量の愛液に濡れ、細かな襞が花弁状に入り組む膣口が妖しく息づいていた。

ポツンとした小さな尿道口も確認でき、包皮の下からは小指の先ほどもあるクリトリスが、真珠色の光沢を放ってツンと突き立っていた。

「アア……」

見られているだけで、彼の熱い息と視線を感じた奈保美が喘いだ。

伸司も、もう堪らず顔を埋め込み、柔らかな恥毛に鼻を擦り付けて嗅いだ。

隅々には、生ぬるく湿って蒸れた汗とオシッコの匂いが悩ましく籠もり、心地よく鼻腔を掻き回してきた。

彼は匂いを貪って胸を満たしながら、舌を挿し入れていった。

膣口の襞をクチュクチュ探ると、ヌメリは淡い酸味を含んで舌の動きが滑らかになった。

充分に味と匂いを堪能しながら、ゆっくりと濡れた柔肉をたどってクリトリスまで舐め上げていくと、

「アアッ……、いい……！」

奈保美がビクッと顔を仰け反らせて喘ぎ、内腿でキュッときつく彼の両頰を挟み付けてきた。前半は冷徹な感じだったが、さすがに最も感じる部分を舐められると正直に反応してしまうのだろう。

伸司も、無垢な自分の愛撫で大人の女性が感じてくれたことが嬉しく、チロチロと小刻みにクリトリスを舐めては、新たに溢れる愛液をすすった。

「も、もういいわ、入れて……」

彼女が声を震わせてせがみ、ようやく伸司も舌を引っ込め、身を起こしながら股間を迫らせていった。

急角度にそそり立った幹に指を添えて下向きにさせ、先端を濡れた割れ目に擦り付けながら位置を探った。

「もう少し下……、そう、そこよ、来て……」

奈保美が僅かに腰を浮かせ、誘導するかのように言った。

そこと言われた部分にグイッと先端を押し付けると、張り詰めた亀頭が落とし穴にでも嵌まり込むようにズブリと潜り込んだ。

「あう、そのまま奥まで……」

言われ、彼もヌルヌルッと滑らかに根元まで押し込んでいった。

何という感激だろう。挿入時の摩擦快感だけで、すぐにも漏らしてしまいそうに高まってしまった。

彼が女体と一つになると、下から奈保美が両手を伸ばして抱き寄せてきた。

伸司も、抜けないよう片方ずつ注意深く脚を伸ばして身を重ねた。

胸の下で乳房が押し潰されて心地よく弾み、奈保美も両手を回して抱き留めてくれた。

動かなくても、温もりと潤い、モグモグと味わうような締め付けが彼自身を包み込んでいた。

上から顔を迫らせ、唇を重ねていった。

彼のファーストキスは、女体の全てを舐め終えた最後に体験できたのだ。

湿った。

柔らかな唇の感触と、唾液の湿り気が伝わり、奈保美の鼻息で悩ましく鼻腔が

舌を挿し入れて滑らかな歯並びを舐めると、彼女も歯を開いてチロチロと舌を

からめてきた。

生温かな唾液に濡れ、滑らかに蠢く美女の舌が何とも美味しく、伸司が夢中

で舌を蠢かせると、互いの息でレンズが曇った。

唾液のヌメリを貪りながら無意識にズンズンと腰を突き動かしはじめると、

「アア……」

奈保美が口を離し、艶めかしく唾液の糸を引きながら熱く喘いだ。

鼻から洩れていた息は熱いばかりで、ほとんど無臭だったが、口から吐き出さ

れる息は湿り気を含み、花粉のような悩ましい匂いがあり、鼻腔が心地よく刺激

された。

(ああ、美女の息の匂い……)

伸司は夢中になって嗅ぎ、狂おしく腰を突き動かしはじめた。

「あう、いい気持ち……」

すると彼女も下から股間を突き上げはじめたので、つい角度とリズムが狂って

ヌルッと抜け落ちてしまった。

「慌てないで……」

「あの、どうか上になって下さい……」

奈保美が言い、彼は再度の挿入を控えて答えた。昔から、体験者に手ほどきを受けるときは、女上位で受け身になりたい願望があったのである。

「いいわ」

奈保美が言って身を起こしてきたので、彼も入れ替わりに仰向けになった。

彼女は身を移動させ、伸司を大股開きにさせて腹這いになり、綺麗な顔を股間に迫らせてきた。

しかも彼の両脚を浮かせ、自分がされたように尻の谷間に舌を這わせてくれたのだ。

「あう……」

チロチロと肛門を舐められ、伸司は申し訳ないような快感に呻いた。

幸い、朝シャワーの習慣があるし、それほど動いていないので臭うことはないだろう。

さらに熱い鼻息で陰嚢をくすぐりながら、彼女の舌がヌルッと潜り込むと、

「く……！」

伸司は思わず呻き、キュッときつく肛門で美女の舌先を締め付けた。

奈保美は中で舌を蠢かせると、ようやく脚を下ろしてくれ、鼻先にある陰嚢にしゃぶり付いた。

二つの睾丸が舌で転がされ、袋全体が生温かな唾液にまみれた。ここも、自分ではあまり触れないが、実に心地よい場所だということが分かった。

さらに奈保美が前進し、とうとう肉棒の裏側をゆっくり舐め上げてきたのだ。

ペニス全体は彼女自身の愛液にまみれているが、一向に構わないように先端まで舌先でたどると、粘液の滲む尿道口をチロチロと探り、張り詰めた亀頭をくわえ、スッポリと喉（のど）の奥まで呑み込んでいった。

「アア……」

伸司は、美女の口に含まれて喘ぎ、懸命に奥歯を噛み締め、肛門を引き締めて暴発を堪えた。

奈保美は幹を締め付けて吸い、熱い鼻息で恥毛をそよがせた。

それでも、彼が漏らさないようかなりセーブしているのだろう。少し口の中で舌をからめただけで、すぐにもスポンと口を離し、身を起こして前進してきたのだった。

伸司の股間に跨がると、奈保美は先端に濡れた割れ目を押し当て、腰を沈めてゆっくりペニスを根元まで膣口に受け入れていった。

4

「アァッ……、いい……！」

完全に座り込むと、奈保美が顔を仰け反らせて喘いだ。

伸司も温もりと感触を味わいながら、両手を伸ばして彼女を抱き寄せた。

「膝を立てて、動いて抜けるといけないから……」

身を重ねながら奈保美が囁くので、彼も両膝を立てて彼女の尻を支えた。

乳房が胸に押し付けられて弾み、彼女も伸司の肩に腕を回して肌の前面を密着させた。

やがて奈保美が貪欲に腰を動かしはじめると、大量の愛液ですぐにも律動がヌラヌラと滑らかになった。溢れた分が陰嚢の脇を生温かく伝い流れ、彼の肛門の方まで濡らしてきた。

伸司も恐る恐るズンズンと股間を突き上げはじめたが、今度は仰向けのため彼の腰が固定され、抜けるようなことにはならなかった。

たちまち二人の動きがリズミカルに一致し、互いの接点からピチャクチャと淫らな摩擦音が聞こえてきた。

「い、いきそう……」

あまりの快感に突き上げが止まらなくなり、彼は絶頂を迫らせて言った。

「いいわ、いって……」

「中出しして大丈夫?」

「構わないから、いっぱい出しなさい」

奈保美が答え、彼も激しく腰を突き上げながら、何とも心地よい肉襞の摩擦に高まった。そして間近に迫る彼女の口に鼻を押し付け、かぐわしい吐息を嗅ぎながら、激しく昇り詰めてしまった。

「い、いく……、アアッ……!」

伸司は絶頂の快感に喘ぎ、狂おしく股間を跳(は)ね上(あ)げ続けた。

同時に、熱い大量のザーメンがドクンドクンと勢いよくほとばしり、肉壺(にくつぼ)の深い部分を直撃した。

「あう、感じるわ、もっと出して……」

噴出を感じた奈保美が呻き、なおも摩擦と収縮を繰り返してくれた。

彼女がとことんオルガスムスを得たわけではないのは察したが、果てた演技をされるより嬉しかった。むしろ、これから私が本当にいくまで頑張りなさいと言われたような気がしたのだ。

とにかく伸司は快感に包まれながら、心置きなく最後の一滴まで出し尽くしていった。

すっかり満足しながら徐々に突き上げを弱めていくと、彼女も動きを止め、遠慮なくもたれかかって体重を預けてきた。

彼は美女の重みと温もりを感じ、またキュッキュッと締まる膣内に刺激され、ヒクヒクと過敏に幹を跳ね上げた。

そして奈保美の吐き出す花粉臭の吐息を胸いっぱいに嗅いで、うっとりと快感の余韻（よいん）に浸り込んでいったのだった。

やがて彼女は伸司の呼吸が整うのを待ち、そろそろと身を起こしていった。

枕元のティッシュを取ると、割れ目に当てて股間を引き離し、

「シャワー借りるわね」

奈保美が拭（ふ）きながら言い、ベッドを降りると部屋を出てバスルームに入ってい

った。

伸司は脱力したまま、まだ朦朧と身を投げ出していた。

(とうとう初体験をしたんだ。しかも初対面の、とびきりの美女と……)

感激に胸が満たされ、ようやく彼も身を起こした。バスルームからはシャワーの水音が聞こえてくる。

ふと見ると、彼女の脱いだ服や下着が椅子に置かれていて、思わずショーツを手にしてしまった。

生身を体験したばかりなのに、やはり女性の匂いが知りたいのである。

裏返して広げ、股間の当たる部分を観察してみたが、僅かに食い込みの縦ジワがあるだけで目立った汚れはない。

それでも鼻を埋めて嗅ぐと、生ぬるく湿ったチーズ臭が感じられ、たちまちムクムクと回復しそうになってしまった。

やがて水音が止まったので、彼は慌ててショーツを元の場所に戻した。

「バスタオル借りてるわ」

出てきた奈保美が、胸にバスタオルを巻いて言い、メガネを外した顔が何ともモデルのように整っていて、また彼は股間を疼かせてしまった。

仲司は入れ替わりにバスルームに入り、美女の残り香を嗅ぎながら身体を流して股間を洗った。

シャワーを止めて脱衣所に出ると、服を着た奈保美がバスタオルを持って来てくれた。もう、目眩く時間は終わりのようだ。

仲司も身体を拭き、洗濯済みの下着とシャツ、靴下を着けると部屋に戻って服を着た。

奈保美はリビングのソファに掛け、スマホをいじっていた。どうやらスタッフに退学や引っ越しの手配をしているのだろう。

「じゃあ、必要な物だけ準備して」

「分かりました」

スマホを切った奈保美に言われ、仲司はリュックにノートパソコンと僅かな着替え、通帳と両親の位牌を包んで入れた。そしてポケットにはスマホと財布を入れ、簡単に仕度が調ってしまった。

特に読みかけの本もないし、教科書はもう必要ない。寝具や食器などは向こうにあるだろう。

「じゃあ、行きましょうか」

奈保美が立ち上がって言い、伸司は生まれたときから住んでいた室内を見回すと、リュックを背負ってスニーカーを履いた。

そして一緒に出てドアを施錠し、一階まで降りた。

「ここの鍵と学生証はポストに入れておいて」

奈保美に言われ、彼は言われた通りにした。今日のうちにもスタッフが来て、全ての手配を済ませてくれるのだろう。

マンションを出ると、彼女は近くにあったコインパーキングに行き、停めてあった黒い高級車に乗り込んだ。

車のことは詳しくないが、乗り込むと実に座り心地の良いシートだ。伸司はリュックを後部シートに置いて、助手席に座りシートベルトをした。

奈保美はエンジンを掛け、すぐ車をスタートさせた。

特に未練もない市街を抜け、やがて東名に入ると、あとはひたすら車は道なりに進んだ。

目的の場所は、長野県の東南、山梨にも静岡にも近い場所らしい。

日が暮れた頃に静岡の富士市に入り、二人はレストランで夕食を摂った。

もちろん奈保美は運転があるし、伸司もアルコールを飲む習慣はないので食事だけである。

彼は奈保美と同じステーキのコースにし、久々に旨い夕食を済ませてコーヒーを飲んだ。

(この美女を相手に初体験したんだ……)

差し向かいでいると、思うのはそのことばかりである。

やがてトイレと支払いを済ませると、また二人は車で西へ向かった。

高速道路を下りると、あとは県道市道と順々に道は狭くなっていった。

「眠っていいわ。着いたら起こすので」

「ええ」

言われて、伸司も答えてシートを倒し脚を投げ出した。確かに、目まぐるしい展開で頭が疲れていたし、景色も暗い山ばかりとなっていたのだ。

やがて彼は少しウトウトし、どれぐらい時間が経ったか、気がつくと窓の外が明るくなってきたので目を開いた。

「起きた？　ちょうど左手に月影製薬の本社があるわ」

奈保美がハンドルを繰りながら言い、もう長野に入ったようだ。

左に目を遣ると大きなビルが建ち、ライトアップされた看板に月影製薬株式会社と書かれてあった。

　さすがに夜で、働いている人はいないようだが、社屋と工場と寮などが並び、野球場やテニスコートもある。土地の大部分の人がここで働き、リゾート施設も利用できるのだろう。

「お屋敷までは、あと三十分ぐらいよ」

　奈保美が言ってアクセルを踏み、本社の横を通り過ぎた。

　会社は遠縁の一族が任され、屋敷では秘伝の薬を作ると言い、奈保美はその両方のパイプ役のようだった。

　しばらくは商店街や住宅が並んでいたが、間もなくまた山道に入り、左右は鬱蒼とした森になった。

　そして緩やかな坂を曲がりくねると、彼方に大きな日本家屋が見えてきた。

「あれが……」

「そう、月影邸よ」

　奈保美が答え、減速しながら門に向かっていった。

　時計を見ると午後十時半過ぎ。

　瓦屋根で、窓からは灯りが洩れている。築何百年か分からないが古めかしく、それでも改築が繰り返され、窓はサッシになっているようだ。

やがて門から車を乗り入れると、音を聞きつけたか玄関から人が出て来た。

他にも車が数台停まり、奈保美が並べて停車させると、伸司は彼女と一緒に降りて玄関に向かった。

5

「お帰りなさいませ。もう大旦那様はお休みですので」

「ええ、分かってるわ。挨拶(あいさつ)は明日ということで」

使用人だろうか、四十前後で和服を着た美熟女が出迎えて言うと、奈保美は答え、伸司を促(うなが)して玄関から入った。

「こちらは月影家に仕えている松野志穂(まつのしほ)さん」

奈保美が、彼女を紹介してくれる。

「あ、青山伸司です」

「志穂でございます。お食事の方は？」

「もう済ませたので、今夜は寝るだけにします」

伸司は、上品で清楚(せいそ)な志穂に答え、奈保美より巨乳だなと思った。

「ええ、今夜はもういいわ。私がお部屋に案内するので」

「左様でございますか、では奈保美さん、お願い致します」

そう言うと、志穂は静かに奥へ引っ込んでいった。そして奈保美が伸司を案内してくれる。

磨き抜かれた廊下を曲がりくねると迷いそうで、もう玄関まで戻れないような気がした。片側には障子や襖が並び、縁側は雨戸が閉ざされている。

「広いんですね。迷子になりそうだ……」

「ええ、広いだけじゃなく、あちこち泥棒よけの仕掛けがしてあるカラクリ屋敷なのよ。元はこの一帯の忍者の頭目の屋敷」

「へえ、すごい……」

「二階は秘薬作りの工房だけど、まず誰にも階段は見つけられないわ」

奈保美が言う。

大きな平屋と思ったが、どうやら二階があるらしい。やはり薬草の匂いが立ち籠めないよう二階に作られたようだ。

静かだが、たまに鹿威しの音が聞こえるので、きっと庭も広いのだろう。

進みながら、奈保美がトイレや風呂場を教えてくれるが、果たして一人で行けるかどうか自信はない。

それでもバストイレは近代的になっているようだ。

「さあ、ここが伸司さんのお部屋」

やがて和室ではなくドアを開けて奈保美が言い、部屋の灯りを点けてくれた。

どうやら増築した洋間らしい。

入ると、八畳ほどの広さでカーペットが敷かれ、エアコンもあり、奥の窓際にはセミダブルのベッド、手前に机と椅子。本棚には月影製薬の社史や、漢方の薬学に関する書物などが並んでいた。

そしてクローゼットには、新品のシャツや下着、靴下などが揃えられていた。

サッシ窓から外を覗いてみると中庭らしく、暗い木々の間に池や石灯籠などが見えていた。

「すごい、快適そうですね」

伸司はリュックを置いて言った。

「隣にはバストイレもあるけど、広い湯船に浸かりたかったら、さっき言ったお風呂場へ行ってね」

「ええ、行けるかどうか分からないけど」

「通りかかった誰かに聞けばいいわ。私は社と往復しているので、年中居るわけじゃないけど、さっきの志穂さんと、その娘の美緒さんも働いているし、二階には遠縁の恵利香さんもいるわ。会長は早起きなので、明日の朝、位牌を持って挨拶に行ってね」

「分かりました」

伸司は言い、リュックから両親の位牌だけ出して机に置いておいた。

「眠れそう？」

「ええ、どこでも眠れると思いますけど、まだ何だか……」

「なに……」

奈保美が訊くので、彼はモジモジと股間を押さえ、

「もう一回だけ、時間はありませんか……？」

有り余る欲望を抱えて懇願した。

「まあ、私はもう充分だけど、それで落ち着いて寝られるのなら」

「どうか、お願いします」

「精力が旺盛なのは頼もしいわ。でも私はまた社へ戻るので脱がなくてもいいかしら。お口でしてあげるので」

「そ、それでいいです」

奈保美に言われ、伸司は勢い込んで答えた。

伸司も、初めて来たばかりの土地と家で急激に欲情するのもどうかと思うが、あまりに広く周囲に他の人もいなさそうなので、奈保美の厚意に甘えたくなってしまったのだ。

彼は気が急く思いで手早く全裸になり、新品のベッドに仰向けになった。

「どうしたらいい？」

「最初は添い寝して、いきそうになるまで指でして……」

言うと彼女も素直に添い寝し、腕枕してくれた。

そしてピンピンに突き立っているペニスをやんわりと手のひらに包み込み、ニギニギと愛撫しはじめた。

「ああ、気持ちいい……」

伸司は奈保美の指に翻弄されながら喘ぎ、ヒクヒクと幹を震わせた。

そしてメガネ美女の胸に抱かれながら、下から顔を寄せて吐息を嗅いだ。

花粉臭の刺激に、夕食の名残のガーリック臭が微妙に混じり、悩ましく鼻腔が搔き回された。

「唾を飲ませて……」

「キスじゃなく、垂らせばいいの？」

「うん、出すところが見たい」

言うと、奈保美も厭わず口に唾液を溜め、形良い唇をすぼめて迫ってきた。

そして白っぽく小泡の多い唾液がグジューッと吐き出されると、彼は舌に受けて味わい、生温かな美女のシロップでうっとりと喉を潤した。

「美味しい？」

奈保美がレンズ越しに笑みを浮かべて囁くと彼は頷き、その間も指の動きを続けてくれていた。

「いきそう……」

やがてすっかり高まった伸司が言うと、奈保美も腕枕を解いて身を起こし、彼の股間に顔を寄せてきた。

幹を指で支え、チロチロと舌先で尿道口をくすぐり、張り詰めた亀頭も舐め回してから、丸く開いた口にスッポリと呑み込んでいった。

「ああ……」

伸司は根元まで含まれて喘ぎ、美女の口の中で幹を震わせた。

奈保美も股間に熱い息を籠もらせながら吸い付き、口の中ではクチュクチュと舌をからめ、指は陰嚢をサワサワと愛撫していた。

さらに彼女が顔を小刻みに上下させ、濡れた口でスポスポと強烈な摩擦を開始すると、たちまち彼も絶頂が迫ってきた。

口でしてくれると言ったが、このまま射精して良いのだろうか。

そんな不安も快感に拍車を掛け、いつしか彼もズンズンと股間を突き上げはじめていた。

奈保美も厭わず、このまま口に受け止める勢いでリズミカルな摩擦を繰り返していた。

「い、いく、気持ちいい……！」

たちまち昇り詰めた伸司は口走り、快感とともにありったけの熱いザーメンをドクンドクンと勢いよくほとばしらせてしまった。

「ク……、ンン……」

喉を直撃された奈保美が小さく呻き、それでも摩擦と吸引、舌の蠢きは続行してくれた。

「アア……」

伸司は心ゆくまで快感を味わい、美女の口を汚すという禁断の思いに喘ぎ、最後の一滴まで出し尽くしていった。

やがてグッタリと身を投げ出すと、奈保美も動きを止め、亀頭を含んだまま口に溜まったザーメンをゴクリと一息に飲み干してくれた。

「あう……」

喉が鳴ると同時に口腔がキュッと締まり、彼は駄目押しの快感に呻いた。

ようやく奈保美も口を離し、なおも残りを搾り出すように指で幹をしごき、尿道口に脹らむ白濁の雫までチロチロと丁寧に舐め取ってくれた。

「あうう……、も、もういいです、有難う……」

伸司は呻き、ヒクヒクと過敏に幹を震わせながら腰をよじって降参した。

奈保美は舌を引っ込めて顔を上げてベッドを降りると、そのまま彼に薄掛けを掛けてくれた。

「じゃあ、行くわね。朝はさっきの志穂さんが起こしに来てくれるわ」

奈保美は言い、やがて灯りを消して部屋を出て行った。

（一日に、美女のアソコと口に出したんだ……）

いつまでも治まらない動悸の中で伸司は思い、心地よく気怠い余韻の中で目を閉じた。

そして、さすがに疲れていたのだろう、そのまま彼は深い睡り(ねむ)に落ちていったのだった。

第二章　秘薬作りは処女の蜜

1

「おはようございます。開けてよろしいですか」

「はい、どうぞ」

ドアの外から志穂の声がし、伸司は返事をした。

午前六時、すでに彼は三十分ほど前から目を覚まし、ベッドに横になったまま昨日の目まぐるしい展開を振り返っていたのだった。

都下のマンション以外で目覚めるなど何年ぶりだろうか。高校二年の修学旅行以来かも知れない。

彼はすぐに起き上がって、急いでTシャツとトランクスを身に着けた。何しろ昨夜は、奈保美と済んだあと全裸で眠ってしまったのである。

「失礼いたします」

志穂が言ってドアを開け、新品のタオルと洗面用具を持って来てくれた。

「では六時半に朝食ですので、食堂の方へいらして下さい」

今日も志穂はきっちりと着物を着こなし、髪をアップにした美熟女が天女のような笑みを浮かべて言った。

あとで聞くと、彼女は三十九歳、夫を亡くした未亡人ということである。十八歳になる娘の美緒も屋敷に同居し、短大生だが夏休み中なので家事を手伝っているらしい。

やはり母娘の松野家も、会長秘書の天羽奈保美と同じく、代々この月影家に仕えてきた家柄のようだった。

ここは、元は忍びの屋敷ということだが、この美熟女も、あの奈保美のような体術を身に付けているのだろうか。

「あの、食堂はどっちの方に……」

「その頃お迎えに上がりますので。そのときにご位牌と洗い物もお持ち下さい」

伸司が言うと、志穂は笑って答え、静かに部屋を出て行った。

自室近くにも洗面所があるので、彼は歯を磨いて顔を洗い、大小のトイレを済ませると、いつもの習慣でシャワーを浴びた。

着替えも用意されていたので、伸司は新たな下着を着け、用意されている紺色の作務衣を身に着けた。確かに、特に外へ出ないのなら、この衣装の方がゆったりして過ごしやすい。あとは素足にスリッパだ。

そして彼は位牌と、シャツやトランクス、靴下などをまとめて持ち、ドアを開けて自室を出ると、すぐに廊下の角から志穂が姿を現した。

ドアにセンサーでもあるのか、あるいは忍者のような鋭敏な感覚で、彼の行動にすぐ気づくのかも知れない。

「こちらです。どうぞ」

志穂は言い、伸司から洗い物を受け取ると先に立って案内してくれ、彼は二親の位牌だけ持って従った。

また廊下を曲がりくねったが、もう縁側の雨戸は全て開け放たれているので、綺麗に手入れされた広い庭が見えた。薬草畑などもあるのかも知れない。

とにかく、また伸司は廊下で迷い、一人で自室に戻れるか自信が無かった。あるいは泥棒よけというので、わざと迷路のような造りになっているのだろう。あるいは昔は、敵の襲撃などもあったのかも知れない。

「こちらです。中に私の娘の美緒がおりますので。では」

引き戸を指して志穂が言い、自分は洗い物を持って廊下の先の角を曲がっていってしまった。

仲司は軽くノックして引き戸を開けた。中に入ると食堂で、大きなテーブルに朝食の仕度が調っていた。さらに厨房が続き、そこにショートカットでエプロン姿の少女がいた。

「あ、おはようございます。私は松野美緒です」

「おはよう、青山仲司です」

にこやかに言う美少女に、仲司は思わず見惚れた。

顔立ちは志穂に似ているが笑窪と八重歯が愛くるしく、瑞々しい肌が健康的な張りと輝きを見せていた。

「すぐ大旦那様がいらっしゃいますので」

美緒が言うと、本当にすぐ奥の戸が開いて大柄な老人が入ってきた。

坊主頭に丸メガネ、白くまばらな無精髭があり、やはり作務衣姿だから製薬会社の会長というよりは、陶芸家のような雰囲気がある。

これが八十歳になる当主、月影太一郎だった。

「おお、仲司か」

太一郎が、満面の笑みを浮かべて伸司に言った。

「はい、青山伸司です」

彼は初対面の祖父を前に、やや緊張気味に言って頭を下げた。

「位牌を持っているな。ではまず仏間へ行こう。美緒、朝食はそのあとだ」

「はい」

太一郎が頷いて言うと美緒が答え、伸司は彼に促されて食堂を出た。

また廊下を曲がりくねると、今度はいくらもかからず仏間に入った。

八畳間で、奥に立派な仏壇、先祖代々の位牌が並んでいる。

「よしよし、ではここへ安置しよう」

太一郎が位牌を受け取り、手前の方に並べて置いた。

「二人の遺骨は？」

「はあ、都内の共同墓地にあります」

「そうか、それも手配して菩提寺に移そう」

太一郎は言い、線香に火をつけて手を合わせたので、伸司もそれに倣った。

「あの、駆け落ちした僕の父を怒っているんじゃありませんか？」

父の位牌も抵抗なく置いてくれたので、伸司は訊いてみた。

「なあに、小百合が強引に連れ出したことは分かっている。勇介は真面目な男だったからな、怒るどころかこうして孫を作ってくれたし、多くの苦労をかけてしまって済まぬと思っておる」

太一郎は言い、伸司も優しそうな祖父で安心していた。彼の連れ合いは、すでに亡いらしい。

「では戻ろうか」

彼が言い、伸司もまた一緒に食堂へと戻った。

テーブルに差し向かいになると、あらためて太一郎は伸司の顔を見つめた。

「うん、やはり小百合の面影があるな」

彼が言うと、美緒が飯をよそい、味噌汁を運んできた。

海苔に卵に味噌汁、干物に漬け物で、正に和風旅館の朝食のようである。インスタント物ばかりだった伸司にはご馳走だった。

「大学中退や引っ越しなど、急に無理ばかり言って済まん」

「いいえ、退学と引っ越しはするつもりでしたから」

「そうか、さらに月影家への養子縁組も頼みたいが」

「はい、お任せいたします」

伸司は答えた。元より青山姓に特別な執着があるわけでもない。それに今まで知らなかった両親のルーツを訪ね、こうした運命の変転にワクワクしているのである。

それだけ、今まではあまりに平凡で何の起伏もない二十年間だったのだ。

「そうか、良かった。では飯にしよう」

「はい、頂きます。あの、お爺さまのことを何と呼んだら良いですか」

「じいちゃんで良い」

「じいちゃん」

「ああ、それで良い。儂をそう呼ぶのはこの世でお前一人だ」

太一郎が満足げに言って味噌汁をすすると、厨房で美緒も微笑ましげに茶を淹れていた。

伸司も豆腐と葱の味噌汁をすすり、その旨さに感動した。志穂と美緒の母娘が作っているのだろう。

干物と漬け物で飯を食い、お代わりをして卵を掛けた。

そして二人で食事を終えると、美緒の淹れてくれた茶を飲んだ。

「僕は、これから何をしたら良いのでしょう」

「社の方はいずれ見に行かせるが、経営などは一族に任せている。直系は二階での秘薬作りが主な仕事だ。むろん空いた時間は自由に外へ出て良いし、投稿小説に専念しても良い」

太一郎が言う。どうやら伸司のことは調べ尽くしているようだ。

「一休みしたら二階へ行ってくれ。やはり遠縁の、恵利香という娘が作業をしているから、全ては彼女に教わると良い」

「分かりました」

伸司が答えると、太一郎は煙草に火を点け、食後の一服をした。

後ろの棚には和洋の酒瓶も並んでいるので、酒も煙草も好きに嗜んでいる健体らしい。

「屋敷内は、どこだろうと勝手に入って構わない。お前の家だからな」

やがて茶を飲み終えると太一郎は煙草を消して言い、立ち上がったので彼も腰を浮かせて一礼した。

太一郎が食堂を出ていくと伸司は、美緒が甲斐甲斐しく洗い物をしている間に食堂にあったテレビを点けてニュースを見たり、置かれている新聞を開いたが、特に興味を惹かれる話題はなかった。

それよりは、まずは屋敷内を探検して、せめて一人でも迷わないぐらい把握しておきたかった。

やがて美緒が洗い物を終えて手を拭いたので、

「じゃあ、美緒ちゃん、二階に案内してくれますか?」

「ええ。あの、タメ口でお願いします。私のことは美緒と」

美緒が笑窪を浮かべて言う。

見た目は可憐な現代っ子だが、主筋に対するわきまえは身に沁み付いているのだろう。

「うん、分かった。じゃ、美緒、二階に」

「はい、分かりました。こちらへ、伸司さん」

美緒に言われ、伸司も面映ゆい思いで席を立ち、一緒に食堂を出た。

2

「菊井恵利香さんというのは?」

伸司は廊下を進みながら美緒に訊いた。

「大旦那様が最も信頼しているスタッフです。親兄弟もなく、二階に棲みついていますが、確かまだ二十七歳」

「へえ……」

美緒が言い、伸司は感嘆した。どうやら松野母娘や奈保美より、さらに太一郎に親しい一族の女性がいるようだ。

「ここが二階への入り口ですが、私も二階へは滅多に上がりませんので」

いくつか廊下の角を曲がると、美緒が行き止まりの壁を指して言った。

「え？　ここが入り口？」

伸司が小首を傾げて言った。そして美緒が壁の一部を押すと、それはどんでん返しになり、壁が開いた。

「うわ……」

中を覗き込むと、また短い廊下があった。

「奥の壁を押すと、階段があります。では私はここで」

美緒はそう言って頭を下げ、彼が入るとどんでん返しの壁を元通りに閉めて去っていった。それでも天井に灯りがあるので暗くはない。

伸司は奥へ進み、壁を押すと、確かにそこも回転し、奥に階段が見えた。

こんなにも厳重にするほど、代々続いた秘薬は月影家の生命線のようなものなのだろう。

奥まった場所にあるのに、壁や階段は埃もなく磨き抜かれていた。

階段を上りきると襖が閉ざされていたので、彼は軽くノックした。

「どうぞ」

すでに、伸司が来ることは聞いていたのだろう。すぐにも女性の声で返事があり、彼はそっと開けて中に入った。

そこは十畳ほどの板の間に茣蓙や座布団が置かれ、壁際の棚には多くの薬が並んでいる。さらに奥には引き戸があり、別の部屋があるようだ。

思っていたほど薬草の匂いが籠もっていないのは、昔のような引き出しではなく、硝子瓶やタッパーに入れられているからなのだろう。

むしろ薬の匂いより、甘ったるく艶めかしい匂いが生ぬるく感じられた。

そして中央に座っている女性は桃色の作務衣姿で、長い髪を後ろで引っ詰め、化粧気はないが切れ長の目が吊り上がった、凄味のある美女であった。

何やら本当に大昔の、くノ一がそこに居るようである。

「青山伸司です。間もなく月影伸司になりますが」

「存じております、若様。私は菊井恵利香」

彼が言うと、恵利香は古風な言葉で答えた。

座っている姿にも隙がなく、若様ではなく普通に呼んで下さいなどという言葉も出なかった。

「祖父から、ここで恵利香さんから仕事のことを聞けと言われましたので」

「どうか恵利香と。敬語も無用でございます」

言うと恵利香が答えて、作業していた薬研から手を離して向き直った。

「そう、では恵利香」

伸司は、美緒ならともかく年上の女性を呼び捨てにすることに抵抗を覚えながら言った。

「会社やここでの薬作りの前に、まずあなたのことを知りたい。ずっとここに一人で住んでいるの？」

彼は訊いた。階段の下は二重の隠し扉だから、そうそう勝手に下へは降りられないのだろう。

「こちらへ」

と、恵利香が立って奥の戸を開けた。

伸司が従って覗くと、そちらは何と近代的な机にベッド、パソコンなどもあるではないか。さらに奥にはバストイレもあった。

しかも天井には、換気と灯り取りの小窓がある。

昨夜来たときは暗かったので、屋敷の外観もよく見えなかったが、大きな屋根のあちこちには小屋根の下に、そうした窓がいくつかあるのだろう。

恵利香が天井を指したので、伸司も彼女に顔を寄せて見上げた。

「ここでスニーカーに履き替えて、あの窓から屋根に出て、木を伝って庭に降りられます」

「うわ……」

恵利香の言葉に伸司は息を呑んだ。やはり恵利香は忍者の素質を持っているようだった。

そして説明した彼女の吐息を思わず嗅いだが、それは実に無臭であった。

よく忍者は戦いに臨むとき全ての匂いを消すと言われているが、その類いだろうか。

それなのに室内には、彼女の体臭らしき甘ったるい匂いが濃厚に立ち籠めているのである。

やがて恵利香は自室の戸を閉め、作業場に戻ったので伸司も座布団に座った。

「社の方は、薬機法に則ったごく普通の製薬会社。傍系が経営と運営の全てを掌っているので、大旦那様は名前を貸しているだけです」

　恵利香が言う。

「では、この二階の作業こそが月影家の本流？」

「そうです。元々は素破の家柄でした」

　素破とは忍者のことである。

「それが泰平の世になってから、月影家は山野に生成する薬草の知識を生かして生業としました。むろん毒草や催眠薬も扱ってきたのですが」

　してみると、薬機法の外にある薬の生成ということだろう。

「当家の主流は媚薬作り」

「びやく……？」

「そう、精力剤。泰平の世こそ、大店の隠居が長寿を願い、若い女を抱きたいという永遠の夢を叶える薬」

「作り方は、どのように……？」

　伸司は、際どい話題に移りつつあり、股間を熱くさせながら訊いた。

　そういえば奈保美も、彼の性欲の度合いを気にしていたようだし、さすがに太一郎の孫というような言葉もあったので、伸司もそうした内容で仕事を手伝えということなのかも知れない。

「むろん薬草の中にも、そうした効果のある成分は多いけど、それに生娘の体液も混ぜるのです。こんなふうに」

　恵利香は言うなり、薬研で細かくした薬草を口に含むと、念入りに咀嚼してから小瓶に吐き出した。

「こうして、唾液混じりにすると効力が増すのです」

「き、生娘の体液って、恵利香はまだ……」

「ええ、男を知らないです。もっとも張り型で、挿入の快感は知っています。何しろ唾だけじゃなく、愛液も混ぜなければならないので」

　恵利香は言い、傍らにあった木製のペニスを手にして見せた。リアルな亀頭部分は鈍い光沢を放ち、これが恵利香の処女を奪い、破瓜の血を吸い、何年も愛液を吸ってきたのだろう。

「うわ……」

　伸司は声を洩らし、とうとうムクムクと勃起して、痛いほど股間を突っ張らせてしまった。

説明を終えると、恵利香は張り型を置き、傍らにあった水の張られた桶を引き寄せた。そして口に手を当ててから、何かを桶の中で洗ったのである。

見ると、それは彼女の総入れ歯だった。

唾液を混ぜながら薬草を噛んで作るため、残滓の掃除を隅々までしやすいよう総入れ歯にしていたのだ。

それでさっきは、彼女の吐息が無臭だったのだろう。

どうやら、全ての歯を抜いてこの作業をするのを嫌い、母の小百合は屋敷を飛び出したに違いなかった。

恵利香は丁寧に総入れ歯を洗い、口を漱いでから再び装着した。

「そしてもう一つ混ぜるのが、秘伝の竜骨」

彼女はタッパーの蓋を開け、僅かに残った灰色の粉を見せた。

「りゅうこつ……？」

「漢方で使う、古代の恐竜の骨を砕いたもの。でもこれはただの恐竜ではなく、ヤマタノオロチの骨といわれています」

「そ、そんな……」

「オロチは精力の源。でも残りはあと僅か。これを使い切れば、私もお役御免。

そうしたらインプラントにしてもらい、上京して青春を取り戻すつもりです」

恵利香が遠くを見るような眼差しで言った。

薬機法違反というより、元々毒にも薬にもならないものが、長く媚薬として作り続けられていたのだった。

伸司は、妖しい話ですっかり勃起が治まらなくなっていた。

3

「しょ、処女の唾液や愛液と言ったって、体験者でも大して成分は違わないだろうに……」

「そこが月影流の拘りというものです。生娘から出たものと銘打っている以上、それに紛うものは売りません」

伸司の疑問に、恵利香が答える。

どうやら、それで多くの老人が精力を取り戻し、だからこそ売れて長く続いているのだろう。

もちろん処女の体液というからには、唾液や愛液のみならず、汗や小水や経血まで含まれるのではないか。処女以外では、母乳なども含まれそうである。

「さあ、では薬作りを手伝って下さいませ」

「え、ええ、僕は何をすれば……」

「愛液を採集します。自分でするより、人にされた方が多く濡れるので」

恵利香が事も無げに言い、立ち上がると部屋の隅に積まれていた布団を敷き延べた。

そして、ためらいなくピンクの作務衣を脱ぎはじめたのである。

「さあ若も脱いで。さっきから勃っているでしょう」

恵利香が言う。すっかり見透かされていたようだ。

やがて彼も恐る恐る作務衣を脱ぎ、下着も取り去っていくと、先に一糸まとわぬ姿になった恵利香が布団に仰向けになった。

彼も全裸になって迫ると、恵利香が小さな器を差し出してきた。

「充分に濡れたら言うので、これを割れ目に当てて溢れる液を溜めて下さい」

言われて見ると、盃に似ているが、肌にフィットするように縁が曲線を描いていた。

「さあ、割れ目以外のところから舐めて下さいませ」

「しょ、処女でもキスとかは大丈夫なの？」

「挿入以外は全て経験していますので」

恵利香が表情も変えずに言う。どうやら若い頃から、多少は男と接してきたらしい。

彼女は太一郎からこの役割を仰せつかってから律儀に挿入だけは避け、素直に無垢な愛液で媚薬を作り続けてきたのだった。

伸司も興奮しながら屈み込み、まずは恵利香に、上からピッタリと唇を重ねていった。

弾力と湿り気を味わい、舌を挿し入れていくと、作り物の歯並びが迎えた。

歯が開かれたので舌を潜り込ませてからめながら、形良い乳房を揉み、指先でコリコリと乳首をいじると、

「ンン……」

恵利香が目を閉じ、うっとりと鼻を鳴らした。

無臭の熱い息が彼の鼻腔を湿らせ、生温かな唾液に濡れた舌がチロチロと滑らかに蠢いた。

確かに、この唾液を飲めば興奮が増してくるだろう。

伸司は充分に舌をからめてから口を離すと、

「アア……、すごく高まってきたわ……」

恵利香が熱く喘いだ。

その吐息は、さっき薬草を嚙んだ名残か、あるいは彼女本来の匂いなのか、無臭ではなく淡いシナモン臭が含まれていて彼の鼻腔が悩ましく刺激された。

彼は首筋を舐め下り、硬くなった乳首にチュッと吸い付いていった。

舌で転がし、張りのある膨らみを顔中で味わった。

「く……」

左右の乳首を含んで舌で転がすと、恵利香がビクリと身を震わせて呻いた。

やはり一人で二階に籠もりオナニーばかりしているので、男に触れられる感覚が新鮮なのだろう。

彼は両の乳首を貪ってから、恵利香の腕を差し上げ、腋の下に迫っていった。

すると何と、そこには楚々とした腋毛が煙っているではないか。

どうやら、残り僅かな竜骨を使い切り、お役御免となって解放される日まで、手入れなどしないつもりなのかも知れない。

伸司は、本当に昔の女忍者でも相手にしている気になり、腋の下に鼻を埋め込んでいった。

和毛は生ぬるく湿り、胸いっぱいに嗅ぐと何とも甘ったるく濃厚な汗の匂いが沁み付いていた。彼は夢中になって美女の体臭を貪り、鼻をくすぐる和毛の感触を味わった。

充分に胸を満たしてから肌を舐め下りると、さすがに引き締まり、鍛えられた筋肉が窺えるようだ。

臍を舐めると段々になった腹筋が躍動し、さらに彼は股間を後回しにして、腰から脚を舐め下りていった。

脚も逞しい筋肉とバネが秘められ、脛にはやはりまばらな体毛があり、野趣溢れる魅力が感じられた。

どこを舐めても恵利香はじっとされるがままになっているが、次第に呼吸が熱く弾んできた。

伸司は足裏を舐め、太くしっかりした足指に鼻を押し付けて嗅ぐと、そこは奈保美に感じた以上にムレムレの匂いが沁み付いていた。二階に籠もり、さして動いていないのだろうが、それだけ逆にシャワーなどあまりまめに浴びないのかも知れない。

美女の濃厚な匂いが嬉しくて、彼は貪るように蒸れた匂いを嗅ぎ、爪先にしゃぶり付いて指の股に籠もっている汗と脂の湿り気を味わった。

「あう、若、それは……」

恵利香が呻いて言う。

古風な彼女は、さすがに主筋の若殿に足をしゃぶられるのは抵抗があるのだろうが、それでもこれから割れ目を舐められるのだからと、何とか気持ちを抑えたようだった。

伸司は両足とも、味と匂いが薄れるほど貪り尽くし、ようやく彼女の股を開かせ、脚の内側を舐め上げていった。

ムッチリと張り詰めた内腿を舌でたどり、股間に迫ると濡れた割れ目が息づいていた。

迫って目を凝らすとやはり体毛が濃い方なのか、奈保美よりも恥毛が密集し、割れ目からはみ出すピンクの花びらも、オナニーに明け暮れているせいかハート型に開かれていた。

さらに陰唇を指で広げ、彼は中を覗き込んだ。

柔肉全体は透明な蜜にまみれているが、息づく膣口からは白っぽく濁った愛液も滲んでいた。

そして何より、包皮を押し上げるようにツンと突き立ったクリトリスは、何と親指の先ほども大きなもので、まるで幼児の亀頭のように光沢を放っていたのだった。

この大きな突起が、彼女の力の根源のような気がした。

しかし伸司は、先に彼女の両脚を浮かせ、逆ハート型の尻から迫っていった。

指で谷間を広げると、ピンクの蕾はレモンの先のように、やや突き出た艶めかしい形状をしていた。

鼻を埋め込むと、顔中に双丘(そうきゅう)が密着して弾力が伝わった。

蕾を嗅ぐと、やはり籠もっているのは蒸れた汗の匂いだけで、二階のトイレもシャワー付きのようだった。

それでも熱気と湿り気を嗅いでから舌を這わせ、充分に濡らしてからヌルッと潜り込ませて滑らかな粘膜を味わった。

「あう……」

恵利香が呻き、浮かせた脚を抱えながらモグモグと肛門で舌先を締め付けた。

伸司も舌を出し入れするように蠢かせ、ようやく舌を引き離すと、彼女の脚を下ろして割れ目に迫った。

「お待ちを、そこを舐めると若の唾が混じってしまうので」

と、恵利香が言って器を差し出してきた。興奮と快感に喘いでいても、職務は忘れていないようだ。

伸司も素直に盃を手にし、割れ目の下の方にあてがい、滴ってくる愛液を受け止めた。

そして、嗅ぐぐらいなら良いだろうと、茂みに鼻を埋め込み、隅々に籠もった蒸れた汗とオシッコの匂いを貪った。

これも奈保美より濃厚で、悩ましく鼻腔が刺激された。

「つ、唾を出さないようにするなら、クリを舐めても構いません……」

恵利香が、ハアハアと熱い呼吸を繰り返しながら言った。

伸司も大きく突き立ったクリトリスをチロチロと舐め、含んで吸い付いた。

「アア……、いい気持ち……」

恵利香が喘ぎ、ヒクヒクと白い下腹を波打たせ、伸司も盃を押し当てながらクリトリスを舐め回し続けた。

「い、いく……、アアーッ……！」

たちまち恵利香が声を上ずらせ、ガクガクと狂おしい痙攣を開始したのだ。

どうやらオナニーと違い、男に舐められたおかげで激しくオルガスムスに達してしまったようだ。

仲司も唾液を出さないよう舌を這わせながら、蒸れた匂いに酔いしれていた。

4

「ど、どうか、もういいです……」

やがてグッタリとなった恵利香が言い、それ以上の刺激を拒むように腰をよじったので、仲司も顔を上げた。

見ると割れ目に押し付けられている盃には、清らかな愛液がいっぱいに満たされていた。

すると恵利香は呼吸も整わないうちに身を起こし、ラップで盃に蓋をして置くと別の広口の容器を取り出した。そして容器に跨がると、張り型を取り出して膣口に挿入したのである。

どうやら、まだ愛液が漏れてくるので、駄目押しの採集をするらしい。

恵利香は脚をM字にさせ、和式のトイレスタイルで挿入した張り型を出し入れさせはじめた。

「アア……」

彼女が喘ぐと、下に置かれた容器にポタポタと大量に白っぽい愛液が滴ってきたのである。

伸司は目を凝らし、まだこんなにも出るのかと驚いていた。

しかもクリトリスの刺激で出した最初の蜜は透明で、挿入で感じた愛液は白濁しているのだ。

これらも使い分けて媚薬を生成するのだろう。

「ああ……、今日はもう充分。若がいるので、いつもより多く出ました……」

ようやく恵利香が言って動きを止め、そろそろと張り型を引き抜いた。

そして割れ目から滴る愛液を充分に受け止めてから、またラップで蓋をして置いた。

「じゃ、もう舐めてもいい？」

「ええ……、本当は畏(おそ)れ多いのですけど……」

言うと恵利香は答えながら、再び布団に仰向けになった。

伸司も腹這いになり、いよいよ恵利香の股間に顔を埋め込んでいった。

柔らかな恥毛に鼻を擦り付けて蒸れた匂いを貪り、舌を挿し入れて濡れた膣口をクチュクチュ掻き回した。

味はほとんど感じられないが、新たな蜜が溢れて舌の動きがヌラヌラと滑らかになった。

彼は念入りに膣口の襞を舐め回し、ゆっくりと大きなクリトリスまで舐め上げていった。

「あう……、いい……」

恵利香がビクリと反応して呻き、内腿でムッチリと彼の顔を挟み付けた。

伸司は味と匂いを堪能し、また膣口を舐めて愛液をすすった。

「い、入れたいでしょうね。でもご辛抱を。あと僅かで竜骨を使い切るので、そのときは存分に」

恵利香が言う。どうやら初体験は伸司にさせてくれるようだ。

「でも今、お尻になら入れても構いません」

「え……、大丈夫なの？」

言われて、思わず興味を持った伸司は顔を上げて訊いた。

「ええ、張り型を入れたこともあるので、構わず入れて動いてもいいです」

恵利香が答え、彼も急激な興奮に身を起こした。

どうやら無垢な膣口への挿入以外なら、何をしても良いらしい。

「これを両方に塗って……」

恵利香が言い、チューブ入りのローションを手渡してきた。

受け取った伸司は蓋を開けてペニスに垂らし、指に付けた分を彼女の肛門に塗り付け、ヌルッと指を潜り込ませて内壁にも粘液を付けた。

やがてチューブを置くと、恵利香も準備が整ったように両脚を浮かせて手で抱え、尻を突き出してきた。

伸司は股間を進め、先端をレモンの先のような肛門に押し付け、ヌメリに合わせて押し込んでいった。

すると蕾が丸く押し広がり、張り詰めた亀頭がズブリと潜り込んだ。

「あう……、どうか奥まで……」

恵利香が、口呼吸して括約筋(かつやくきん)を緩めながら言った。すでに張り型の挿入を経験しているというので、伸司も遠慮なくズブズブと押し込んでいった。

奈保美の膣とは異なる感触と締め付けがペニスを包み、彼が根元まで挿入すると、股間に尻の丸みが心地よく密着した。

「アア……、いい気持ち……」

恵利香がうっとりと喘ぎ、モグモグと生身の肉棒を味わうように締め付けた。そして彼女は自ら乳首を摘(つま)んで動かし、もう片方の指は空いている割れ目に這わせはじめた。

「突いて、中にいっぱい出して下さい……」

恵利香が、愛液を付けた指で小刻みにクリトリスを摩擦して言う。

伸司も初めての体験に燃え上がり、様子を見ながら徐々に腰を突き動かしていった。

さすがに入り口はきついが、中は思ったより広く楽で、ベタつきもなく滑らかだった。

いったん動きはじめると、彼は快感で腰が止まらなくなってしまった。

恵利香も夢中でクリトリスをいじり、クチュクチュと音を立てながら身悶(みもだ)え続けた。

「い、いく……!」

伸司は口走り、たちまち大きな絶頂の快感に全身を貫かれてしまった。

昨日は奈保美を相手に初体験をし、口内発射もし、そして今日は恵利香とアナルセックスを経験しているのである。

快感と同時に、熱い大量のザーメンがドクンドクンとほとばしった。

「あう、熱い……！」

噴出を感じた恵利香が言い、再びガクガクと狂おしいオルガスムスの痙攣を開始した。もっともこれは、彼女自身が愛撫しているクリトリス感覚での絶頂かも知れない。

しかし膣内と連動するように直腸もキュッキュッと締まり、彼は心ゆくまで快感を嚙み締め、最後の一滴まで出し尽くしていった。

中に満ちるザーメンで、さらに動きがヌラヌラと滑らかになり、やがて彼は満足げに動きを弱めていった。

「アア……」

恵利香も声を洩らし、乳首とクリトリスから指を離してグッタリとなった。

伸司は呼吸を整え、そろそろと引き抜こうとしたが、ヌメリと収縮でペニスが押し出されてきた。

そしてツルッと抜け落ちると、何やら美女に排泄されたような興奮が湧いた。

丸く開いて一瞬粘膜を覗かせた肛門も、徐々につぼまって元のレモンの先のような形に戻っていった。

「さあ、休みたいでしょうけど、すぐ洗わないと」

恵利香が身を起こして言い、彼の手を引いてバスルームへと誘った。

中に入ると、伸司の部屋と同じぐらいの広さだが、奥にさらにドアがあった。

「ここは、まさかサウナ……？」

「ええ、身体をビニールで覆って、生娘の汗を採るとき使います。たまに美緒ちゃんにも手伝ってもらって」

「うわ……」

どうやら美緒も薬作りの秘密を知っているようだ。

とにかく恵利香がシャワーの湯をペニスに浴びせ、ボディソープを付けた指でヌラヌラと甲斐甲斐しく洗ってくれた。その刺激でムクムクと回復しそうになったが、

「オシッコをして下さい。中からも洗い流さないと」

恵利香に言われ、懸命に勃起を抑えて尿意を高めた。

何とかチョロチョロと出し終えると、もう一度恵利香が湯を浴びせてくれた。

「ね、恵利香もオシッコを出して」

回復しながら言い、遠慮なく伸司は床に座り込んだ。

そして恵利香を目の前に立たせ、片方の足を浮かせてバスタブのふちに乗せ、開いた股間に顔を埋めた。

舌を這わせてクリトリスを舐めると、

「アア……」

恵利香が喘ぎ、ガクガクと膝を震わせながら懸命に尿意を高めてくれた。

若殿の口に放尿するという畏れ多さはあるが、生娘の尿が薬になることも知っているので、その迷いが肌の震えとなっているようだ。

割れ目内部を舐めていると、やがて味わいと温もりが微妙に変化し、チョロチョロと熱い流れがほとばしってきた。

「ああ……」

恵利香が喘ぎ、たちまち勢いが増して彼の口に注がれた。

味も匂いも淡く控えめで、少し飲み込んでみても抵抗はなかった。やはりジャンクフードなど口にせず、新鮮な水と野菜で育ってきたのだろう。

噎（む）せないよう飲んでいると、口から溢れた分が温かく胸から腹に伝い流れ、完全に回復したペニスが心地よく浸された。

それでもピークを過ぎると勢いが衰（おとろ）え、間もなく流れは治まってしまった。

彼は残り香の中で舌を這わせ、やはり美女から出たものは身体に良いのだと実感したものだった。

やがて顔を離すと恵利香も足を下ろし、もう一度互いにシャワーを浴び、身体を拭いてバスルームを出たのだった。

5

「まあ、もうこんなに……」

布団に戻ると、伸司の勃起したペニスを見て恵利香が声を洩らした。

「うん、もう一度出しておきたい」

彼は言って、添い寝した恵利香に腕枕してもらった。そして手を握ってペニスに導くと、彼女もニギニギと愛撫してくれた。

「唾を飲ませて……」

せがむと、恵利香もすぐ口を寄せ、トロトロと生温かな唾液を大量に彼の口に注いでくれた。年中分泌（ぶんぴつ）させる作業をしているので、それは実に多く、彼は飲み込みながらうっとりと酔いしれた。

「歯を外して見せて」

言うと、恵利香もペニスから手を離して口に当て、上下の歯並びを外して吐き出した。

手に取って見ると、それは実に精巧な出来で、白い歯とピンクの歯茎がリアルに作られていた。外出のときは念のため安定剤を使うようだが、二階に一人でいるときは、唾液の湿り気だけでピッタリと装着できるようだ。

伸司は、恵利香の歯のない口の中を覗き込んだ。

唾液に濡れた滑らかなピンクの歯茎が上下にあり、間からは熱く湿り気あるシナモン臭の息が洩れていた。

鼻を押し込んで嗅いでも、実に匂いが淡いので物足りないぐらいだ。

伸司は舌を這わせて歯茎を舐め、舌をからめた。その間も温かな唾液が注がれて、彼は喉を潤していた。

「お口に出しますか？」

恵利香が言う。やはり、さすがに立て続けのアナルセックスはきついだろうし指だけで果てるのは勿体ない。

伸司は頷いて仰向けになり、股を開いた。

恵利香もすぐ移動し、股間に陣取って顔を寄せてきた。幹に指を添え、新たな粘液が滲みはじめた尿道口をチロチロと舐め、張り詰めた亀頭をしゃぶってスッポリ呑み込んでいった。

温かく濡れた口腔に根元まで含まれ、彼は股間に熱い息を受けながらうっとりと力を抜いた。

恵利香は口で幹を締め付けて吸い、鼻息で恥毛をくすぐりながらネットリと舌をからめてきた。

しかも上下の歯茎も、マッサージするようにモグモグと幹を刺激した。

「ああ、気持ちいい……」

伸司が快感に喘ぎ、ズンズンと股間を突き上げはじめると、恵利香も合わせて顔を上下させ、濡れた口でスポスポと摩擦してくれた。

しかも舌が蠢き、歯茎による摩擦も加わって、彼は急激に高まりながら唾液にまみれた幹を震わせた。

歯がないので、様々なテクニックが使えるようだ。舌鼓(したつづみ)でも打つようにペニスを巻き込み、舌の表面と口蓋(こうがい)で亀頭を挟み、チロチロと先端が舐められ、さらに唇と歯茎の愛撫が続いた。

「い、いく……、アアッ……!」

ひとたまりもなく伸司は声を上げ、ガクガクと激しく身を波打たせて昇り詰めてしまった。そして二回目とは思えない量のザーメンが、ドクンドクンと勢いよく恵利香の喉の奥にほとばしった。

「ンン……」

直撃を受けた恵利香は小さく呻いたが、噎せるようなこともなく摩擦と吸引、舌の蠢きと歯茎の刺激を続行してくれた。

やがて、ありったけのザーメンを出し尽くすと、伸司は満足しながらグッタリと身を投げ出した。

すると恵利香も摩擦を止め、亀頭を含んだままゴクリとザーメンを飲み込んでくれると、キュッと締まる口腔の刺激で駄目押しの快感が得られた。

ようやくスポンと口を離すと、まだ彼女は幹をしごき、尿道口に脹らむ残りの雫も丁寧に舐め取ってくれた。

「あうう、も、もういい……」

伸司はクネクネと腰をよじらせ、過敏に幹を震わせながら言った。

恵利香も舌を引っ込め、身を起こすと総入れ歯を装着した。

彼は、うっとりと余韻を味わいながら呼吸を整えた。

「最後の竜骨がなくなって恵利香が引退したら、誰か処女が跡を継ぐの？」

「ええ、美緒ちゃんにさせるかも知れないけど、もう時代が違うので、歯は抜かせないと思います」

訊くと、恵利香が答えた。

やはり太一郎も、伸司の母親に逃げられたことを戒めにしたようだ。ただ恵利香は自発的に協力したようである。

「工場にいる処女たちではダメなの？」

「やはり秘伝だから、一族の血を引いたものだけです」

「そう……、工場で働いている処女たちの唾液をもらえば、大量に溜まるだろうに……」

伸司は言ったが、そういうものではないらしい。製薬といっても、この二階で行われているのは一種の儀式のようなものなのだろう。

「竜骨がなくなったら薬効が薄れるかも知れないし、美緒ちゃんにさせるかどうかも決まっていないので、機会があれば処女をもらってもいいですよ。もし子が出来たら、夫婦養子になることも考えられるし」

恵利香が身繕いをしながら言い、彼も起き上がって作務衣を着ながら、そうした展開もあるのかも知れないと思った。

「では、そろそろお昼なので降りて下さい」

恵利香が言い、伸司も立ち上がった。彼女はまだ仕事があるし、食事は志穂が運んでくるようだった。

「じゃ、また来るね」

「ええ、今日の午後は、大旦那様と社の方へ行くと思いますので」

言うと恵利香が答え、やがて伸司は襖を開けて階段を下りた。

二重のどんでん返しを抜けて廊下に出ると、すぐに志穂が姿を現した。

「お疲れ様。こちらです」

言われて案内してくれるので、恐らく志穂も彼が二階で恵利香と何をしたか、おおよそ分かっているのだろう。

少々決まり悪い思いをしながら、彼は再び食堂に入った。

また美緒が昼食の仕度をし、お昼はパンにハムエッグにサラダ、スープに牛乳など洋風だった。

「大旦那様は早めにお昼を済ませました。あとで伸司さんとご一緒に本社を見にいくようです」

「ええ、じゃ、着替えないと」

美緒に言われ、伸司もパンをちぎりながら答えた。この美少女が、自分の妻になる可能性があると思うと、また股間が熱くなってしまった。

「いいえ、作務衣で大丈夫ですよ。大旦那様も、いつもそうなので」

「そう、それなら楽でいいけど」

伸司は答え、やがて昼食を終えた。

そして美緒に案内してもらい、いったん自室に戻ると歯磨きとシャワーを済ませた。

充電したスマホをチェックしたが、誰からもメールなどはない。

恐らく奈保美のスタッフが、退学や引っ越しなどの手続きを滞（とどこお）りなくやっていることだろう。

やがて志穂が迎えに来たので、彼は本当に作務衣のまま自室を出て屋敷の玄関に出た。

すると太一郎も、作務衣姿で玄関に降り、伸司の草履（ぞうり）を出してくれた。

「すみません、じいちゃん。本当に作務衣でいいんですか」

「ああ、構わんよ。今日は見学するだけで、お前が正式な社員になるわけじゃないからな」

太一郎が言い、一緒に草履を履いて玄関を出た。

すると門の中に黒い車が停まり、奈保美が立って待っていた。

「どうぞ」

言われて、伸司は太一郎と一緒に後部シートに入ると、メガネ美女の奈保美がドアを閉めてくれ、回り込んで颯爽と運転席に座った。

玄関では志穂と美緒の母娘が見送っていた。恵利香は二階で作業しているのだろう。

すぐに車がスタートし、緩やかな山道を下って月影製薬を目指した。

隣から、太一郎が訊いてくる。

「伸司、何か欲しいものはないか」

「いいえ、何不自由ないです。ただ屋敷の見取り図はないですか？」

「あはは、そんなものはない。自分で歩き回って覚えるんだ」

太一郎が笑って答え、やがて車は本社に着き、ビルと工場の間にある駐車場に入った。

降りた伸司は、太一郎と奈保美と一緒にビルに入り、各部署を案内された。従業員も、会長を見るたび深々と頭を下げた。

伸司は立派な会社に目を見張り、さらに工場の方も一通り見学して回り、夕方には三人で屋敷へと戻ったのだった。

第三章　美少女の熱き好奇心

1

（今日も色々あったな……）

仲司は、夕食と入浴を終えると、自室で横になりながら思った。

今日は昼前に二階の恵利香と濃厚なアナルセックス初体験と、歯のない口への射精が出来たのだ。

思えば奈保美との初体験が、至極真っ当なものだったから良かったのかも知れない。もし最初から恵利香との行為があったら、一生の性癖が左右されかねないとすら思ったものだった。

そして今日の午後は月影製薬へ行き、ビルの各階で働いている従業員たちを見て回った。誰もが、太一郎を見ると最敬礼をし、並んで歩いている仲司も同じく作務衣姿だから、一族と思われて頭を下げられた。

特に今日は太一郎も、主だった重役以外には伸司を紹介しなかったので、そうしたことは正式に養子縁組が決まったら披露するつもりなのだろう。

工場の方はほとんどオートメーションで、機械の流れをチェックするスタッフがいるだけだった。

もちろん大部分はごく普通の感冒薬や胃腸薬で、媚薬などは大っぴらには製造販売していない。

二階で作る秘薬はごく一部の知り合い、金持ちの老人たちが顧客なのだろう。

伸司は思い、寝ようとしたがまだ夜九時過ぎだ。

(明日は、屋敷内や庭を回ってみようか……)

ふと室内の壁を見ると、その前にだけ何も置かれていないのが気になった。

寝巻代わりの甚兵衛姿で、ベッドから起きて壁の隅に触れてみると、何と、そこもどんでん返しになっていて壁板が開いたのである。

奥を見ると、細い階段になっているではないか。

伸司はスマホを手にし、その灯りで中に入り、階段を上がっていった。

もし二階の恵利香の作業場か部屋に入れるなら、彼女も窓から木を伝って出入りしなくても良いだろう。

しかし階段を上がると二階には通じておらず、そこは梁(はり)の巡らされた広い天井裏だった。

つまり恵利香のいる場所の、床下ということになる。

そこは、四つん這いで進めるくらいの高さしかなく、あちこちの天井板の隙間から光が洩れていた。

恐る恐る進んでみたが、頑丈(がんじょう)に作られているので軋(きし)みもしないし、しかも埃もなく綺麗だった。ここまで手入れされているということは、通路としても使用されているのかも知れない。

この広い天井裏を回れば廊下を曲がりくねることもなく、俯瞰図(ふかんず)として各部屋の位置も正確に把握できそうだ。

進みながら灯りの洩れる天井板を、さらにずらして下を覗き込むと、脱衣所やトイレなどを上から見ることが出来た。

本来は、侵入者を警戒するためや抜け道の天井裏なのだろうが、女性たちの着替えやトイレを上から覗けるとなると、伸司の胸と股間が膨らんでしまった。

と、バスルーム横の脱衣所に誰かが入ってきた。

そっと見下ろすと、和服美女の志穂である。

これから風呂らしく、太一郎はすでに部屋で休んでいるようだ。

志穂が脱いでいくところを見たかったが、何しろこの家の女性はみな忍者の末裔かも知れず、伸司の気配などすぐ察知されることだろう。

だから彼は静かに退散し、別の部屋を見下ろした。

するとキッチンでは、ちょうど美緒が洗い物を終えて手を拭いているところだった。

美緒は、ごく普通の少女だから、とても忍者の能力など持っていないだろう。

だから伸司は、美緒がトイレでも行かないものかと思い目を凝らした。

すると、美緒がいきなり天井を見上げ、笑窪を浮かべてニコリと笑いかけたのである。

（え……？　気づかれた……？）

伸司は天井裏で思わず首を引っ込めたが、下の美緒が、別の方を指さしながらキッチンを出た。どうやら一緒に来いと言っているようで、伸司も四つん這いで移動する美緒を追った。

下の美緒は廊下を曲がりくねったが、上の伸司は最短距離で彼女を追うことが出来た。

やがて美緒は、自分の部屋に入ったようだ。

窓際にベッドがあり、学習机に本棚、ぬいぐるみにオーディオセットなど、全く現代の短大生らしい部屋である。

美緒が上を見て、天井の隅を指したので、伸司も上から一枚の天井板をずらして顔を覗かせた。

「ごめんよ、上から覗いたりして」

「いいえ、どこを歩こうと伸司さんの家ですから。降りてきて下さい」

下から美緒が言うので、彼もいったん顔を引っ込め、足からそろそろと降りていった。

すると美緒が足と腰を支えてくれ、伸司は壁伝いに注意深く降り、やがて無事にベッドに降り立った。

六畳ほどの洋間には、思春期の匂いが生ぬるく籠もっていた。

「大旦那様は寝たし、お母さんは今お風呂で、上がってからは自分の部屋に行くから、ここへは誰も来ません」

美緒が言い、彼と並んでベッドに座った。

エプロンを外した彼女はTシャツに短パン姿。素足で、健康的な脚がニョッキリと伸びている。

「気配に気づくんだから、やっぱり美緒も忍者？」

「いいえ、私は奈保美さんや恵利香さんのように鍛錬はしてこなかったです。ただ五感が鋭敏なだけです」

訊くと、美緒が答える。ということは、素質だけが血の中に受け継がれているということなのだろう。

美緒も、色々と知るかぎりのことを話してくれた。

月影家は、忍びの頭目。志穂や美緒は下っ端の下忍。奈保美が上忍。大切な秘薬作りをしている恵利香は一族の遠縁ということだ。

「二階での作業は手伝うこともあるの？」

「ええ、たまに。注文が多いときは、私の唾やオシッコ、サウナでかいた汗なんかも混ぜます」

美緒が事も無げに言うので、伸司はムクムクと勃起してきてしまった。

「その、愛液も？」

「はい、でも恵利香さんみたいに道具を入れるのは恐いので、指でいじって濡らすだけです」

美緒はモジモジと言いながら、自分も興奮を高めてきたように、甘ったるい匂いを濃く揺らめかせた。

「オロチの骨というのは、残り少ないようだけど」

「ええ、大昔から伝わるものらしいです。ヤマタノオロチの骨の一部と言われるもので、少しずつ削って粉にしたものを、処女の体液や薬草と混ぜて丸薬にするんです」

「本当に、ヤマタノオロチなのかな……」

「さあ、あるいは普通の恐竜か、それとも飛来してきた異星人の骨か、とにかく絶大なパワーがあったので、うちの忍び集団は最強だったようです」

美緒が言う。

ヤマタノオロチとエイリアンと、どっちが有り得るだろうかと彼は思った。

「オロチの粉がなくなっても、まだ媚薬作りは続けるのかな」

「そのときに、大旦那様が決めるでしょうね。どちらにしろ恵利香さんは、解放されて東京で暮らしたいようです」

「じゃ、美緒が後を引き継ぐわけじゃないんだね？」

「ええ、決まってませんが、竜骨がなければ、もう媚薬作りはおしまいにするかも」

「それなら、もう処女でいることもない？」

「ええ、構いません」

言うと、美緒が彼の方を向いてきっぱりと答えた。

やはり高校を出て短大生ともなれば、それなりの好奇心も人一倍湧いているのだろう。

「キスしたことは？」

伸司は胸を高鳴らせて訊いた。

「ないです。高校も短大も女子ばかりだし、誰とも触れていません」

美緒が答えた。

どうやらペニスの挿入以外は経験してきたという恵利香とは違い、美緒は完全無垢なようだった。

「僕がしてもいい？」

「はい」

言うと、美緒がほんのり頬を染めて答えた。やはりその気があるから、彼を部屋に招き入れたのだろう。

「じゃ、脱いでね、全部」

伸司が言い、自分も甚兵衛を脱ぎはじめると、

「もう少ししたら、母がお風呂から上がるから、そうしたら急いで流してきますので」

美緒は恥じらいを含んで答えた。

「ううん、そのままでいい」

もちろん伸司は、美少女のナマの匂いを求めて言い、手を伸ばして美緒を脱がせにかかったのだった。

2

「アア、恥ずかしい……」

美緒が消え入りそうに言い、それでも途中からは覚悟を決めたように自分で脱ぎはじめた。

先に伸司が全裸になり、美緒のベッドに横たわった。

枕には、美少女の髪や汗や涙や涎など、様々な匂いが混じり合い悩ましく沁み付いて鼻腔が刺激された。

やがて美緒も全て脱ぎ去り、胸を押さえながらそろそろとベッドに上がってきた。伸司は、何でも従いそうな美少女を相手に、激しい興奮と悪戯心を湧かせてしまった。

「ね、ここに座って」

彼は仰向けになり、自分の下腹を指して言った。

「そんな、跨いで座るなんて……」

思った通り、見た目は現代っ子だが心根が古風な美緒は、主筋の男を跨ぐことに抵抗があるように声を震わせた。

「どうか、僕がそうしてほしいのだから」

言うと、美緒は可哀想なほど肌を震わせ、意を決して命令に従った。

勃起したペニスをチラと見下ろしながら、恐る恐る彼の下腹を跨ぎ、そっと座り込んでくれたのだ。

ほんのり湿った割れ目を伸司の下腹に密着させると、彼女はあまり体重を掛けないように、脚をM字にさせて踏ん張った。

股間の茂みは楚々として淡く、しかし乳房は形良い張りを持ち、乳首も乳輪も初々しい桜色をしていた。

「じゃ、両足を伸ばして僕の顔に乗せてね」

彼は言い、美緒の両足首を握って顔に引き寄せた。

「あん……」

美緒はビクリと震えて喘ぎ、彼が立てた両膝に寄りかかりながら、とうとう両脚を伸ばし、彼の顔に両の足裏を乗せてしまった。

「ああ、気持ちいい……」

伸司は人間椅子になったように美少女の全体重を受けて喘ぎ、激しく勃起したペニスを上下に震わせトントンと彼女の腰を軽くノックした。

顔に押し当てられる両の足裏も、実に心地よかった。

彼は舌を這わせ、縮こまった足指に鼻を押し付けて嗅いだ。一日中働いていた指の股は、汗と脂に生ぬるく湿り、ムレムレの匂いが濃く沁み付いて鼻腔を刺激してきた。

伸司は美少女の足の匂いを貪り、爪先にもしゃぶり付いて順々に全ての指の股に舌を割り込ませて味わった。

「アアッ……、いけません……」

美緒が熱く喘ぎ、バランスを崩すたびに割れ目が彼の肌に押し付けられた。

そして密着する割れ目が、徐々に潤ってくる様子も伝わってきたのだ。

伸司は彼女の両足とも、全ての指の股をしゃぶり、味と匂いを貪り尽くしてしまった。

「ね、前に来て顔を跨いで」

やがて彼は美緒の手を握り、引っ張りながら言った。

「アア……」

美緒も彼の顔の左右に両足を置くと、喘ぎながらそろそろと前進してきた。

そしてとうとう伸司の顔の上に、和式トイレスタイルでしゃがみ込んでくれたのだ。

脚がM字になると、内腿と脹ら脛がムッチリと張り詰めて量感を増し、ぷっくりした割れ目が彼の鼻先に迫った。

楚々とした恥毛が彼の息にそよぎ、割れ目からはみ出す花びらは案外肉厚で、まるで美緒自身の唇を縦に付けたかのようだった。

指を当ててそっと陰唇を左右に開くと、無垢な膣口が濡れて息づき、小粒のクリトリスも包皮の下から顔を覗かせていた。

同じ処女でも年齢が違うので、恵利香より可憐な眺めだった。

「ああ、そんなに見ないで下さい……」

真下からの熱い視線と息を感じ、美緒がクネクネと腰をよじらせて喘いだ。

伸司は、彼女の腰を抱き寄せ、恥毛の丘に鼻を埋め込んで嗅いだ。

隅々には、やはり蒸れた汗とオシッコの匂い、それに淡いチーズ臭が濃厚に沁み付き、悩ましく鼻腔を掻き回してきた。

「いい匂い」

「あう……！」

嗅ぎながら思わず言うと美緒が呻き、力が抜けそうになるのを懸命に両足で踏ん張っていた。そして前にあるベッドの棚に両手で摑まったので、何やらオマルにでも跨がった感じである。

伸司は無垢な匂いに酔いしれ、胸を満たしながら舌を這わせていった。

陰唇の内側から膣口をたどると、ヌメリはやはり淡い酸味を含んで舌の動きを滑らかにさせた。

味わいながら柔肉をたどり、クリトリスまで舐め上げていくと、

「アアッ……！」

美緒が喘ぎ、やはり最も感じる部分だから愛液の量が増し、下腹がヒクヒクと

震えた。

伸司は味と匂いを堪能してから、さらに尻の真下に潜り込んだ。

大きな水蜜桃のような尻の谷間には、可憐な薄桃色の蕾がひっそり閉じられ、鼻を埋めて嗅ぐと蒸れた匂いが感じられた。

舌を這わせて収縮する襞を濡らし、ヌルッと潜り込ませると、

「く……、ダメ……」

美緒が息を詰めて呻き、キュッときつく肛門で舌先を締め付けてきた。

伸司は、顔中に密着する双丘の弾力を味わい、舌を蠢かせて滑らかな粘膜を執拗に味わった。

すると割れ目からの愛液が量を増し、滴るほどに溢れてきた。

彼は再び割れ目に舌を戻し、大量のヌメリをすすってはクリトリスに舌を這わせ、無垢な膣口に指を挿し入れていった。

指は滑らかに奥まで吸い込まれ、彼は内壁を摩擦しながらクリトリスに吸い付いた。

「も、もうダメです、いきそう……！」

たちまち美緒が声を上ずらせ、自分からビクッと股間を引き離してしまった。

伸司も舌と指を引っ込めると、彼女を移動させていった。

ようやく美緒も安心したように彼の顔から股間を離し、添い寝してきたので、伸司は美少女に甘えるように腕枕をしてもらった。

チュッと乳首に吸い付いて舌で転がし、もう片方の乳首にも指を這わせると、

「アア……」

美緒は熱い息遣いを繰り返し、少しもじっとしていられないように身悶え続けていた。

伸司はのしかかり、左右の乳首を順々に含んで舐め回し、顔中で弾力ある膨らみを味わった。

両の乳首を味わい尽くすと、彼は美緒の腋の下にも鼻を埋めたが、さすがに恵利香のような腋毛はなくスベスベだったが、そこは生ぬるく湿って濃厚に甘ったるい汗の匂いが沁み付いていた。

伸司は美少女の体臭に噎せ返り、充分に胸を満たすと移動し、今度は彼女に腕枕してやった。

そして美緒の手を握り、強ばり（こわ）に導くと、彼女も素直に指を這わせてくれた。

無垢な指先が幹から亀頭を探り、手のひらに包み込んで感触を味わうようにニ

ギニギと動かしてきた。

仲司は快感に幹を震わせながら、そろそろと美緒の顔を股間の方へと押しやっていった。

すると美緒も心得たように移動し、彼が仰向けで大股開きになると、その真ん中に陣取って可憐な顔を股間に迫らせた。

仲司は自ら両脚を浮かせて抱え、彼女の鼻先に尻を突き出した。

美緒と違い、自分は入浴後だから問題ないだろう。

「嫌だったら舐めなくていいからね」

「嫌じゃありません」

せがむように肛門をヒクつかせて言うと、美緒は厭わず舌を伸ばして迫り、チロチロと谷間を舐め回してくれた。

そして自分がされたようにヌルッと潜り込ませてきたので、

「アア、気持ちいい……」

仲司は妖しい快感に喘ぎながら、モグモグと美少女の舌を肛門で味わった。

美緒も熱い鼻息で陰嚢をくすぐりながら中で舌を蠢かせ、出し入れさせるように動かしてくれた。

そして彼が脚を下ろすと、美緒も舌を離し、陰嚢にしゃぶり付いて睾丸を転がした。彼は股間に熱い息を受けながら快感に悶え、愛撫をせがむように幹を上下に震わせた。

すると美緒も前進して、ペニスの裏側をゆっくりと舐め上げ、先端まで来ると粘液の滲む尿道口をしゃぶり、そのままスッポリと喉の奥まで深々と呑み込んでくれたのだった。

3

「ああ、いい……」

伸司は、無垢な口に含まれて喘ぎ、唾液にまみれた幹を震わせた。

美緒も幹を丸く締め付け、笑窪を浮かべた頰をすぼめて吸い、息で恥毛をくすぐりながら、口の中ではクチュクチュと舌をからめてくれた。

快感に任せ、思わずズンズンと股間を突き上げると、

「ンン……」

喉の奥を突かれた美緒が呻き、新たな唾液をたっぷりと溢れさせた。

そして彼女も上下運動をし、濡れた可憐な唇でスポスポと強烈な摩擦をしはじ

めたのである。

　伸司は、無垢な唇の感触と清らかな唾液に浸りながら、激しく絶頂を迫らせてしまった。

「い、いきそう……」

　思わず肛門を引き締め、暴発を堪えながら言うと、すぐに美緒がチュパッと軽やかな音を立てて口を離した。

「お口に出しますか。それとも、セックスしてもいいです」

　美緒が言う。無垢なのに、どちらでも全く抵抗はなく、伸司が来ると分かったときから気持ちは決めていたようだった。

「じゃ、入れたい……」

　彼が言うと、美緒もすぐに添い寝して仰向けになった。

　やはり初体験は正常位で行いたいらしく、伸司も入れ替わりに身を起こして上になった。

　股を開かせて股間を進め、幹に指を添えて先端を濡れた割れ目に擦り付けながら膣口に位置を合わせた。

「いい？」

「ええ……」

囁くと、美緒が小さく頷き、伸司はグイッと押し込んでいった。

張り詰めた亀頭が潜り込むと、処女膜が丸く押し広がる感触が伝わり、あとはヌメリに合わせてズブズブと根元まで挿入してしまった。

「あう……」

美緒が眉をひそめて呻き、ビクリと全身を硬直させた。

さすがに入り口はきつく、中は熱いほどの温もりが満ちていた。

伸司は股間を密着させたまま脚を伸ばして身を重ね、胸で乳房を押しつぶしながら、彼女の肩に腕を回した。

「大丈夫？」

「ええ……」

訊くと美緒が健気に答え、彼はまだ動かず温もりと感触を味わい、初めて処女を征服した感激を噛み締めた。

上から顔を寄せてピッタリと唇を重ねると、ぷっくりしたグミ感覚の弾力と唾液の湿り気が伝わり、美少女の熱い鼻息で鼻腔が湿った。

舌を挿し入れて滑らかな歯並びを左右にたどると、可憐な八重歯に触れた。

さらにピンクの引き締まった歯茎まで舐め回すと、彼女も歯を開いて侵入を許してくれた。

奥へ潜り込ませ、生温かな唾液に濡れた舌を探ると、彼女もチロチロと遊んでくれるように小刻みに蠢かせた。

何とも清らかな感触に興奮を高め、彼が徐々に様子を見ながら腰を突き動かしはじめると、

「アア……」

美緒が口を離して熱く喘ぎ、下からしっかりと両手を回してしがみつきながらズンズンと股間を突き上げはじめたのだ。挿入が初体験とはいえ、もう短大生なのだし好奇心もいっぱいだから、破瓜の痛みよりは男と一つになった充足感の方が大きいのだろう。

伸司も、処女を相手に気遣(きづか)っていたが、いったん動きはじめるとあまりの快感で腰が止まらなくなってしまった。

それに美緒の突き上げも控えめな動きなので、奈保美のときのようにタイミングが合わず抜け落ちるような心配も無かった。

「痛かったら止すからね」

「平気です、どうか最後までして下さい……」

囁くと美緒が答え、伸司は彼女の熱く湿り気のある吐息を嗅いで激しく興奮を高めた。美少女の吐息は熟れた桃を食べたように甘酸っぱく、その濃厚な果実臭が悩ましく鼻腔を掻き回した。

しかも熱い蜜に濡れた肉襞の摩擦ときつい締め付けに包まれ、たちまち彼は激しく昇り詰めてしまった。

「い、いく……、アアッ……！」

伸司は絶頂の快感に喘ぎ、いつしか股間をぶつけるほど激しく律動しながら、熱いザーメンをドクンドクンと勢いよくほとばしらせた。

「あう、熱いわ……」

噴出を感じた美緒が呻き、味わうようにキュッキュッと締め付けてきた。

もちろんまだ膣感覚のオルガスムスには程遠いだろうが、ザーメンの温もりや幹の震えで、彼が果てたことを察したのだろう。

伸司は彼女の喘ぐ口に鼻を押し込み、濃厚に甘酸っぱい吐息を胸いっぱいに嗅ぎながら快感を嚙み締め、心置きなく最後の一滴まで出し尽くしてしまった。

「ああ……」

すっかり満足しながら声を洩らし、徐々に動きを弱めていくと、美緒も痛みは感じなかったようにグッタリと身を投げ出していた。

完全に動きを止めても、まだ息づく膣内に刺激され、彼自身がヒクヒクと過敏に跳ね上がった。すると、それに応えるように膣内もキュッキュッと収縮した。

伸司は果実臭の吐息で鼻腔を刺激されながら、うっとりと余韻を味わい、力を抜いてもたれかかった。

あまり長く乗っているのも気が引け、やがて呼吸も整わないうちに彼はそろそろと身を起こし、枕元のティッシュを取りながら股間を引き離した。

手早くペニスを拭(ぬぐ)いながら割れ目に屈み込んで観察すると、はみ出した花びらが痛々しくめくれ、膣口から逆流するザーメンに、うっすらと鮮血が混じっていた。しかし量は少なく、すでに止まっているようだ。

その赤さを見て彼は、本当に処女を頂いたのだという実感が湧いた。

ティッシュで優しく割れ目を拭いてやると、

「自分でします……」

美緒が言って自分で処理をした。

「もう、お風呂に行ってもいいですね？」

「うん、一緒に大丈夫かな」

「もちろんです、伸司さんの家なのですから」

彼女が答えて身を起こすと、伸司も一緒にベッドから降りた。

もう志穂も風呂から上がって、自室で休んでいることだろう。

訊くと、バスルームまでは近く、志穂の部屋の前は通らないようだ。

二人で全裸のまま暗い廊下を進んでいくと、天井裏から確認しただけあり、伸司もすぐにバスルームの位置が分かった。

脱衣所を通り抜けてバスルームに入ると、ほんのり志穂の熟れた匂いが立ち籠めていた。

その匂いと、可憐な美緒の全裸に刺激され、たちまち彼自身はムクムクと回復してきてしまった。

バスルームは洗い場も浴槽も広く、実に快適である。

二人はシャワーの湯で股間を洗い流してから、一緒に湯に浸かった。

「もう痛くないかな？」

「ええ、まだ中に何かあるような気がするけど……」

訊くと美緒が答え、伸司は湯の中で処女を喪（うしな）ったばかりの割れ目をそっと探った。すると新たな蜜が溢れる様子が、湯の中なのにはっきり伝わってきたのは新鮮だった。

しかし、美緒はそろそろ眠くなってきたようなので、一緒に湯から上がった。

「オシッコ出して」

伸司は広い洗い場のバスマットに仰向けになり、興奮を抑えながら言って美緒を顔に跨がらせた。

彼女も、自分の小水が薬になったことを知っているので、通常の女の子よりは抵抗なく尿意を高めてくれたようだ。抵抗といえば、やはり彼の顔に跨がることだけは気が引けるようで脚が震えていた。

真下から腰を抱き寄せ、伸司は割れ目に口を当てて舌を這わせた。

「アア……、すぐ出そう……」

美緒が柔肉を蠢かせながら喘ぎ、すぐにもチョロッと熱い流れがほとばしってきた。

「あう……」

漏らした途端、呻きながら慌てて止めようとしたようだが勢いが増してきた。

仰向けなので噎せないよう気をつけながら、伸司は流れを口に受け止め、喉に流し込んだ。恵利香の出したものより、さらに味も匂いも淡く、抵抗なく飲み込むことが出来た。

それでもすぐに出しきり、流れが治まると彼はポタポタ滴る雫をすすって割れ目を舐め回した。

「も、もう堪忍（かんにん）……」

美緒が古風な物言いをし、ビクッと股間を引き離してしまった。

伸司も残り香を味わって身を起こし、もう一度二人でシャワーを浴びると、身体を拭いてバスルームを出た。

「もう眠そうだね」

「ええ、明日も早いので」

美緒の部屋に戻ると、彼女がパジャマを着て言い、伸司も甚兵衛とスマホを持って再び本棚に足を掛けて天井裏に潜り込んだ。

「じゃ、おやすみ」

言って天井板を閉じると、自分まで忍者になったように伸司は天井裏を伝って自室に戻ったのだった。

美少女のオシッコで勃起が治まらなかったが、もう夜も更けたし、今から二階の恵利香を訪ねるのは申し訳ないだろう。

彼も大人しく灯りを消してベッドに横になった。そういえば、ここのところ全く自分ではオナニー射精をしていない。次から次へ美女が現れるので、そんな暇もないのだ。

だから伸司は今夜も興奮しているが我慢し、また何か起こりそうな明日に備えて寝ることにしたのだった。

4

「じゃ、ちょっと外を歩いてきますね」

翌朝、朝食のあと伸司は志穂に言った。

「ええ、危ない場所はないと思いますが、どうかお気を付けて。どうか森の中には入らないで下さいませ」

志穂も、昨夜彼が娘の処女を奪ったことを知っているのかどうか、いつもと同じ天女のような笑みで答えた。

美緒は、今日は用事で短大へ、自分の車で出かけたらしい。

太一郎も姿が見えないので、社の方へ出向いているのかも知れない。

伸司は作務衣姿で草履を突っかけ、玄関を出た。広い庭を回り、池や薬草畑を回ると、さらに門から出て山道を登った。

真夏だが、左右の木々の葉がアーチのように頭上を覆い、意外に快適で風も涼しかった。

車も通れない山道を登っていくと、屋敷の大屋根が眼下に見えた。

今日も、外からは見えない二階で恵利香が一人、妖しい媚薬作りに余念がないのだろう。

さらに登ると、もう屋根も木々に覆われて見えなくなり、何やら伸司は山中に一人取り残されたようで、帰れるかどうか心配になった。

すると、いきなり頭上の葉がザザーッと鳴り、驚いて見上げると、誰かが枝から飛び降りてきたではないか。

「うわ、奈保美さん……」

音もなく颯爽と降り立ったのは、スーツ姿のメガネ美女、天羽奈保美だった。

町中ではなく、誰もいない山中なので、スーツ姿でも遠慮なく忍者の技を披露していた。

「屋敷へ来たら、若が山へ行ったと志穂さんが言うので。森には彼女も把握していない毒草が多くあるのよ」

「そうですか」

伸司が答えると、奈保美は先に立って山を登りはじめ、彼も従った。

「退学届は無事に受理されたわ。マンションの荷物も処分を済ませたので」

「ええ、お疲れ様です」

彼は言ったが、全ての手配をしたのは奈保美の部下のスタッフたちであろう。

とにかく、これで伸司も後顧(こうこ)の憂(うれ)いがなくなり、あとは養子に入りさえすれば完全に月影家の一人になるのだろう。

「頂上に見晴台があるのよ」

奈保美が言い、さらに歩を進めていると、横の方から爆音が聞こえ、森の中から二台のバイクが上ってきたではないか。

一台の後部シートには一人が跨がり、全部で三人だ。夏休みなので、オフロードバイクでツーリングに来たのだろうが、三人ともノーヘルでガラの悪そうな顔つきをしている。

「お前たち、ここは私有地で立ち入り禁止の札が見えなかったのか」

奈保美が凛(りん)とした声で言うと、三人はエンジンを切って降りてきた。

「何だ、その言い方は。景色のいいとこに出られるかと思って、ちょっと入ってきただけじゃねえか」

リーダー格らしいレスラーのように大柄なスキンヘッドが詰め寄って言う。

他の二人も格闘家のように筋肉質で、鋭く奈保美と伸司を睨(にら)んでいた。

「とにかく、来た道を引き返して山を下りろ」

「おい、綺麗な姉ちゃん、ずいぶん威張ってるじゃねえか。大人しく山を下りるから金貸してくれ。何なら、後ろに乗って付き合ってくれてもいいぜ」

スキンヘッドが薄笑いを浮かべて迫ったが、奈保美が小さく嘆息(たんそく)した。

「可哀想に。頭の悪いバカな親から生まれたのだな。親を殺してお前も死ねば良かったのに」

「何だと！」

バカでも親を悪く言われると逆上するらしい。大男が奈保美の胸ぐらを摑みにかかった。

瞬間、奈保美が腕をからめるとボキリと音がし、肘(ひじ)が逆に折れ曲がった。

「うが……！」

男が腕を押さえてうずくまると、左右の男が驚きながらも飛びかかってきた。

すかさず奈保美の素早い前蹴りが、二人の股間にめり込んだ。

「ふん……！」

「むぐ……！」

二人は白目を剝いて呻き、そのまま膝を突いた。

「さあ、手加減したんだ。バイクで下りてゆけ。ノーヘルで来たから、見ろ、毒草にやられて顔が爛れはじめているぞ」

奈保美が両手を腰に当てて言うと、呻きながらも三人は互いの顔を見合わせ、土気色になった顔に浮かぶ斑点に目を丸くした。

「う、うわ……、助け……」

「早く医者へ行け。取り返しの付かないことになるぞ」

震え上がった三人に奈保美が言うと、連中は助け合いながら懸命に起き上がり再び二台のバイクに跨がった。腕を折られた大男は後部シートなので、運転者に片手を回してしがみついた。

やがてエンジンを掛け、二台は転げ落ちるように坂道を下っていった。

その爆音が遠ざかると、奈保美が伸司に向き直った。

「本当は殺して埋めても良いのだけど、あんな奴らじゃ森の栄養にもならない」

彼女は凄味のある笑みを浮かべて言い、また山頂に向かって歩きはじめた。

「いくつかある山道自体が迷路のようになっているので、まず誰も屋敷には辿り着けないのよ」

奈保美が言う。そういえば来たときは彼女の車だった。

それにしても伸司は、彼女の体術と、森の毒草に驚いていた。

さすがに奈保美も汗ばんでいるのか、風下を歩くと甘ったるい匂いが悩ましく鼻腔をくすぐった。

やがて五分ほどで頂上に出ると、下の方に屋敷の屋根、さらには集落から月影製薬の社屋、彼方には信濃（しなの）の山々が見渡せた。

傍（かたわ）らに見晴らし用の小屋があり、中に入って窓を開けると、涼しい風が通り抜けた。

中には土間と囲炉裏（いろり）、薪（まき）や仮眠用の毛布などが備えられているので、雪に埋もれた季節の避難所になっているのだろう。

二人きりになり、伸司は急激に淫気（いんき）を催（もよお）してしまった。

「ね、ここでしてみたいけど、いい？」

伸司は勃起しながら、甘えるように奈保美に言った。何といっても彼女は、彼にとって最初の女性だから思い入れが深い。

「いいも何も、我慢することないわ。いつでも言ってくれれば応じるので」

奈保美は答え、靴を脱いで上がり込むと床に毛布を敷き延べた。そしてポケットティッシュを出して置いたので、その情事の準備を見ているだけで伸司の興奮は高まった。

伸司は手早く作務衣と下着を脱ぎ、全裸で毛布に仰向けになった。

すると奈保美も傍らでスーツを脱ぎ、スカートとブラウスも脱ぎ去りはじめたのだ。

さらに甘ったるい匂いが艶めかしく漂った。

「いい匂いがして嬉しい。忍者は全ての匂いを消すのかと思っていたので」

「そんなのは昔の話よ。忍びとして敵地に潜入するときだけ。今は一切そんなことはしないわ」

伸司が言うと奈保美は苦笑して答え、見る見る白く滑らかな肌を露わにしていったのだった。

5

「ね、顔に足を乗せてみて」

伸司が全裸で仰向けになり、勃起しながら言うと、やはり一糸まとわぬ姿になった奈保美が、顔の脇にスックと立って彼を見下ろした。

全裸にメガネだけ掛けているのが、何とも艶めかしかった。

そして片方の足を浮かせ、そっと彼の顔に乗せてくれたのだ。

さすがに上忍だけあり、美緒のようなためらいはない。命令に忠実で、しかもさすがに太一郎の孫だと思っているのかも知れない。

太一郎も老齢でなおも性欲は旺盛だし、女体の体液を媚薬にしているぐらいだから、かなりフェチックな性癖は伸司と共通しているのではないか。

しかも奈保美は壁に手を突くこともなく、バランスよく片方の足を伸司の顔に乗せていた。

彼は美女の足裏を顔中に受け止め、うっとりと酔いしれていた。

舌を這わせ、形良く揃った指の間に鼻を押し付けて嗅ぐと、さすがに前回よりも濃く蒸れた匂いが鼻腔を掻き回してきた。

伸司は鼻腔を満たしてから爪先にしゃぶり付き、汗と脂に湿った指の股に舌を割り込ませて念入りに味わった。

「アア……」

今日の奈保美は、すぐにも反応して喘ぎはじめた。やはり山中となると、気分も開放的になるのかも知れない。

伸司の方も、神秘の力を秘めたオロチのエキスを吸収している恵利香の体液を舐めたため、体内に絶大なパワーが宿りはじめたのではないだろうか。

やがてしゃぶり尽くして口を離すと、奈保美は自分から足を交替し、彼も新鮮な味と匂いを貪り尽くしたのだった。

「顔に跨がって」

下から言うと、奈保美もためらいなく彼の顔に跨がり、和式トイレスタイルでしゃがみ込んできた。白く滑らかな内腿がムッチリと張り詰め、熱気の籠もる股間が鼻先に迫った。

伸司は腰を抱えて引き寄せ、黒々と艶のある茂みに鼻を擦り付けて嗅ぐと、汗とオシッコの蒸れた匂いが濃厚に鼻腔を刺激してきた。

彼は美女の匂いを貪りながら舌を挿し入れ、息づく膣口の襞をクチュクチュと掻き回した。

　ヌメリは淡い酸味を含み、溢れる愛液ですぐにも舌の動きがヌラヌラと滑らかになった。そして膣口からクリトリスまで、柔肉をたどって味わいながらゆっくり舐め上げていくと、

「アアッ……、いい気持ち……」

　奈保美が熱く喘ぎ、白い下腹をヒクヒク波打たせながら新たな愛液を漏らしてきた。

　伸司も、舌先を上下左右にチロチロと小刻みに蠢かせて愛撫しては、滴るヌメリをすすって喉を潤した。

　そして味と匂いを吸収してから尻の真下に潜り込み、谷間の蕾に鼻を埋め込んで蒸れた匂いを貪った。顔中に弾力ある双丘が密着し、蕾に舌を這わせてヌルッと潜り込ませると、

「あう……！」

　奈保美が呻き、キュッときつく肛門で舌先を締め付けた。

　伸司が滑らかな粘膜を探り、舌を出し入れさせるように動かすと、とうとう愛液がツツーッと滴って彼の鼻先を生ぬるく濡らした。

「アア、もういいわ、今度は私が……」

前も後ろも舐められた奈保美が言って股間を浮かせ、顔を彼の股間に移動させていった。

そして大股開きになった真ん中に腹這い、まずは陰嚢を舐め回してから、肉棒の裏側をゆっくりと舌先でたどってきたのだ。

滑らかな舌が先端まで来ると、彼女は粘液の滲む尿道口を舐め回し、そのままスッポリと喉の奥まで呑み込んでいった。

「ああ、気持ちいい……」

伸司は快感に喘ぎ、美女の口の中でヒクヒクと幹を震わせた。

奈保美も深々と含んで熱い息を股間に籠もらせ、幹を締め付けて吸いながら舌をからめた。

たちまち彼自身は美女の生温かな唾液にまみれ、スポスポと摩擦されながら急激に絶頂を迫らせていった。

「い、いきそう……」

すっかり高まって言うと、すぐ奈保美もスポンと口を離して顔を上げた。

そのまま前進して上から跨がり、先端に濡れた割れ目を押し当ててきた。

颯爽とした彼女も、やはり女上位が好きなのかも知れない。

息を詰めて腰を沈めていくと、ペニスはヌルヌルッと滑らかに根元まで呑み込まれ、互いの股間が密着した。

「アア……、感じるわ……」

奈保美が顔を仰け反らせて喘ぎ、味わうようにキュッキュッと締め付けながら張りのある乳房を揺すった。

伸司も温もりと感触に高まりながら、両手で奈保美を抱き寄せ、両膝を立てて尻を支えた。

彼女が身を重ねてくると、伸司は潜り込むようにして乳首に吸い付き、舌で転がしながら顔中で膨らみを味わった。

充分に舐めてから、もう片方の乳首も吸い、さらに腋の下にも鼻を埋め込み、濃厚に甘ったるい汗の匂いに噎せ返った。

すると待ち切れなくなったように、奈保美が徐々に腰を動かしはじめたのだ。合わせて彼もズンズンと股間を突き上げると、たちまち二人の動きがリズミカルに一致し、クチュクチュと湿った摩擦音が聞こえてきた。

下から唇を求めると、奈保美もピッタリと重ね合わせ、長い舌を潜り込ませてくれた。

　伸司はネットリと舌をからめ、次第に勢いを付けて股間を突き上げた。

「唾を出して……」

　唇を触れ合わせたままませがむと、奈保美も生温かな唾液を大量にトロトロと口移しに注いでくれた。

　伸司は味わい、うっとりと喉を潤して絶頂を迫らせた。

「アア、いきそうよ、すごいわ……」

　奈保美が熱く喘ぎ、膣内の収縮と潤いが増していった。溢れる大量の愛液で互いの股間がビショビショになり、彼は美女の熱い花粉臭の吐息でうっとりと胸を満たした。

「い、いく……、アアッ……！」

　たちまち伸司が昇り詰めて口走り、熱い大量のザーメンをドクンドクンと勢いよくほとばしらせると、

「い、いっちゃう、気持ちいいわ……、アアーッ……！」

　噴出を感じた奈保美も声を上ずらせ、ガクガクと狂おしい痙攣を開始した。

　やはり初回より彼女は、今回の伸司に充分に感じてくれたようだ。

彼は収縮する膣内で心ゆくまで快感を味わい、最後の一滴まで出し尽くしていった。

満足しながら徐々に突き上げを弱めていくと、

「アア……、良かったわ、すごく……」

奈保美も満足げに言って肌の強ばりを解き、グッタリと力を抜いて遠慮なくもたれかかってきた。

まだ膣内は名残惜しげな収縮が繰り返され、中でヒクヒクとペニスが過敏に跳ね上がった。そして伸司は、奈保美の濃厚な吐息を嗅ぎながら、うっとりと快感の余韻に浸り込んでいったのだった。

「やっぱり、最初よりずっと良くなっているわ。これからも、何人かと体験を重ねるといいわ……」

奈保美が荒い呼吸で囁く。やはり伸司が、複数の女性たちと肌を重ねていることぐらい知っているのだろう。

そして上忍で手練(てだ)れの彼女が、演技でなくオルガスムスに達してくれたことが嬉しく、伸司も初めて大人になった気がしたのだった。

やがて呼吸を整えると、奈保美が用意しておいたポケットティッシュを手にして身を起こし、そろそろと股間を離していった。

そして自分で割れ目を拭いながら屈み込み、愛液とザーメンにまみれた亀頭にしゃぶり付き、舌で綺麗にしてくれたのだ。何やら、パワーを秘めた体液を貪欲に吸収したいかのようだ。

「あうう、も、もう……」

伸司はクネクネと腰をよじりながら過敏に幹を震わせ、降参するように呻いたのだった。

ようやく奈保美も舌を引っ込めて起き上がり、手早く身繕いをはじめた。

彼も呼吸を整えると身を起こし、下着と作務衣を着けた。

「さあ、ノンビリ下りましょうか」

奈保美が言って窓を閉めたので、彼も草履を履いて二人で小屋を出た。

特に小屋の戸締まりなどはしないらしい。

山道を下ると、快感の最中には耳に入らなかった蜩の声が聞こえた。

そして屋敷に戻ると、奈保美は志穂に挨拶をし、採れた薬草をトランクに入れると、そのまま車で去っていったのだった。

「美緒は、今夜はお友達の家に泊まるようです」

志穂が、シャワーを浴びた伸司に昼食を用意しながら言った。

あるいは美緒も、ようやく初体験をしたので仲良しの女の子に話したいのかも知れない。

太一郎もいないようなので、伸司はこの美熟女と二人きりになり、妖しく胸が騒ぐのを覚えたのだった。

第四章　熟れ肌に酔いしれて

1

「ねえ志穂さん、僕の部屋に来てくれますか」

昼食を終えると伸司は、洗い物を済ませた志穂に言ってみた。

やはり二人きりだと胸が高鳴り、昼前に奈保美としたばかりなのに、どうにも股間が熱くなって仕方がないのである。

やはりこれも、オロチのパワーを秘めた恵利香の体液を吸収した効果なのかも知れない。

「はい」

割烹着（かっぽうぎ）を脱いだ志穂もためらいなく答え、すぐ一緒に部屋まで来てくれた。

さて、部屋に入ったものの何と言って切り出せば良いのか、伸司は興奮ばかり高まって頭がぼうっとしてしまった。

確か志穂は三十九歳ということである。四十近い美熟女は彼にとって、今まで接した女性の中では最年長なのだ。

すると何と、志穂の方から切り出してくれたのだ。

「脱げばよろしいですか」

にこやかな表情のまま言われ、彼は戸惑いながら頷いた。

「え、ええ、お願いします……」

「では、坊ちゃまも脱いで下さいませ」

志穂が帯を解きながら言い、坊ちゃまという呼ばれ方にも胸が弾んだ。

彼は手早く作務衣と下着を脱ぎ去り、先に全裸でベッドに横になった。

志穂も、言葉など必要もなく彼の淫気を察し、黙々と脱ぎはじめていた。

伸司は横になって眺めながら、和服というものは何本もの紐があるのだなと思った。

衣擦れの音とともに脱いでいくと、見る見る白く透けるような熟れ肌が露わになっていった。真夏できっちり和服を着こなしていても、汗一つかかない志穂だったが、いざ脱ぎ去ると内に籠もっていた甘ったるい匂いが解放され、濃厚に立ち籠めはじめた。

肌は実に、天女のようにふくよかだった。息づく巨乳が魅惑的で、尻も豊満だった。

一糸まとわぬ姿になった志穂が添い寝してきたので、伸司は彼女の腕をくぐって甘えるように腕枕してもらった。

すると志穂が、いきなりキュッときつく彼の顔を胸に抱きすくめてきたのだ。

「アア、何て可愛い。ものすごく会いたかった……」

今まで感情を外に出さなかった志穂が、感極まったように言った。

伸司は、顔に巨乳を押し付けられ、心地よい窒息感に包まれた。

「小百合様にはずいぶんお世話になりました。私は妹のように可愛がってもらったのです」

「そうでしたか……」

「勇介さんとの駆け落ちも、私が手引きして二人を逃がしたのです」

志穂が、彼を熟れ肌に包み込みながら囁く。

母の小百合も、志穂の協力に感謝しつつ、月影家に見つからないよう以後の連絡はとらなかったようだ。

だから二十年余りが経って、小百合と勇介の事故死のニュースを知ったときは大層志穂を落ち込ませたことだろう。

そして、その二人の子である伸司を今こうして胸に抱いていることで、志穂の胸には万感の思いが打ち寄せているようだった。

だが志穂は、伸司の淫気を妨げないよう多くを語ろうとはせず、彼もまた目の前の熟れ肌に全神経を向けはじめていた。

伸司は甘ったるい匂いに包まれながら、鼻先にある乳首にチュッと吸い付き、もう片方をいじりながら舌で転がしはじめた。

「アア……」

すぐにも志穂が熱く喘ぎ、クネクネと熟れ肌を悶えさせはじめた。

あとで聞くと、夫が病死して五年になるというし、以後は誰とも交渉を持っていなかったのだろう。

太一郎が志穂に手を出していたのではとも思ったが、それも後に何もなかったことが知れるのである。

媚薬作りを生業としていても、皆案外身持ちが堅く、外ではともかく、身近なところでは何もないようだった。

もう片方の乳首を含むと、志穂が仰向けに受け身体勢になった。

伸司も上からのしかかり、左右の乳首を交互に吸って舐め回した。

巨乳に顔を押し付けていると、柔らかな感触とともに温もりと鼓動が伝わってきた。

彼は志穂の腕を差し上げ、腋の下に鼻を埋め込むと、期待通りそこには柔らかな腋毛が煙っていた。生ぬるい湿り気を嗅ぐと、濃厚に甘ったるい汗の匂いが馥郁と胸に沁み込んできた。

伸司は美熟女の体臭に噎せ返り、うっとりと胸を満たして酔いしれた。

そして鼻を擦り付けて色っぽい腋毛の感触を味わってから、もう片方の腋の下にも顔を埋め、新鮮で濃厚な匂いを貪った。

滑らかな肌を舐め下り、形良い臍を探り、きめ細かな下腹に顔を埋め込むと心地よい弾力が返ってきた。

もちろん股間は後回しにし、豊満な腰から脚を舐め下り、足首まで行って足裏を舐め、指の間に鼻を潜り込ませて嗅いだ。

やはり指の股は生ぬるい汗と脂にジットリと湿り、蒸れた匂いが濃く鼻腔を刺激してきた。

爪先にしゃぶり付き、順々に舌を割り込ませて味わうと、

「あう……」

志穂が呻き、それでも拒まずされるがままに身を投げ出してくれていた。

伸司は味と匂いが薄れるほど、両足とも指の股を貪り、やがて志穂の股を開かせて脚の内側を舐め上げていった。

白くムッチリと量感ある内腿を通過し、股間に迫ると、そこには熱気と湿り気が籠もっていた。

ふっくらした丘には程よい範囲で恥毛が茂り、肉づきが良く丸みを帯びた割れ目からはピンクの花びらがはみ出し、すでにヌラヌラと熱く潤っていた。

そっと指を当てて陰唇を広げると、中の柔肉はさらに愛液にまみれ、かつて美緒が生まれ出た膣口が妖しく息づいていた。

小さな尿道口も見え、包皮の下からは小豆(あずき)大のクリトリスが光沢を放ってツンと突き立っていた。

もう堪らず、彼は吸い寄せられるように顔を埋め込んでいった。

柔らかな茂みに鼻を擦り付けて嗅ぐと、やはり汗と残尿臭が混じった蒸れた匂いが、悩ましく鼻腔を掻き回してきた。

舌を這わせると淡い酸味のヌメリが迎え、彼は奥まで挿し入れていった。

膣口の襞をクチュクチュ探り、愛液を掬い取りながらクリトリスまで舐め上げていくと、

「アアッ……！」

志穂が熱く喘ぎ、内腿でキュッときつく彼の両頬を挟み付けてきた。

伸司は舌先で弾くようにクリトリスを舐めては、新たに漏れてくる愛液をすすり、熟れた匂いに陶然となった。

そして味と匂いを堪能してから、彼女の両脚を浮かせ、逆ハート型の豊満な尻に迫った。

谷間を指で広げると、奥で薄桃色の可憐な蕾がひっそり閉じられていた。

鼻を埋め込むと、やはり秘めやかに蒸れた匂いが籠もって鼻腔が刺激された。

彼は双丘に顔中を密着させて嗅ぎ、舌を這わせて襞を濡らし、ヌルッと潜り込ませて滑らかな粘膜を味わった。

「く……」

志穂は呻き、キュッと肛門で舌先を締め付けたが、何をしても拒まなかった。

伸司は舌を出し入れさせ、ようやく脚を下ろすと再び割れ目に戻り、新たな愛液をすってクリトリスに吸い付いた。

「アア、入れて下さいませ……」

志穂がすっかり高まったように息を弾ませて言い、伸司も顔を上げて身を起こした。

すると彼女は、ゴロリと寝返りを打ち、四つん這いになって豊かな尻を突き出してきたのである。

「さあ、色々な体位を試してみて下さい」

志穂が言い、艶めかしく尻をくねらせた。

どうやら愛撫はされるままになっていたが、挿入の段になると、色々と教えることがあるのだろう。

伸司も興奮を高め、膝を突いて股間を進めた。

バックから先端を膣口に押し当て、ゆっくり挿入していった。

たちまち、急角度にそそり立った彼自身は、内壁を擦りながらヌルヌルッと滑らかに根元まで吸い込まれた。

「アアッ……、いい……！」

四つん這いの志穂が喘ぎ、白い背中を反らせた。

深々と押し込むと、彼の下腹部に豊満な尻が密着して心地よく弾んだ。

この股間に押しつけられる尻の感触が、バックスタイルの醍醐味なのだろう。

仲司は温もりと感触を味わいながら、腰を抱えて徐々に前後に動かし、心地よい摩擦に酔いしれた。

そして彼女の背に覆いかぶさり、髪の匂いを嗅ぎながら、両脇から回した手で巨乳を揉みしだき、なおもズンズンと動いたのだった。

2

「ああ、いい気持ちです。でも、まだ我慢できるのなら次の体位を……」

志穂が息を弾ませながら言い、仲司も動きを止めて身を起こし、そっと引き抜いた。

彼も、股間に当たる尻の感触は心地よいが、志穂の顔が見えないのが物足りないので、バックで果てる気は起きなかったのである。

身を離すと、志穂が横向きになり、上の脚を真上に差し上げた。

「どうぞ、横から」

言われて迫り、仲司は志穂の下の内腿に跨がると、再び挿入してゆき、股間が密着すると上の脚に両手でしがみついた。

これは松葉(まつば)くずしの体位である。伸司は初めて本当に、年上の女性からセックスの手ほどきを受けた気になった。

「アア……」

志穂が喘ぎ、味わうように膣内を締め付けてきた。

伸司も初めての体位で、徐々に腰を動かしはじめた。しかも互いの股間が交差しているのでピッタリとした密着感が増し、膣内だけではなく擦れ合う内腿の感触が心地よかった。

しかし、ここでもまだ彼女の美しい顔が遠いので物足りず、伸司は動きを止めた。すると察したように志穂が仰向けになっていった。

彼はまた引き抜き、股を開いた志穂に迫って正常位で挿入した。

肉襞の摩擦を味わいながら股間を密着させ、脚を伸ばして身を重ねると、志穂も両手を回してシッカリと抱き留めてくれた。

のしかかると胸の下で巨乳が押し潰れてクッションのように弾み、彼も志穂の肩に腕を回し、上からピッタリと唇を重ねていった。

どうしても、全て舐め尽くしてから最後にキスするパターンが多かった。

「ンン……」

てくれた。

志穂は熱く呻き、彼が挿し入れた舌に吸い付き、自らの舌をチロチロと蠢かせ

じっとしていても膣内の締め付けと蠢きが快感を高め、やがて彼も徐々に腰を突き動かしていった。

「ああ……、いい気持ち……」

志穂が口を離して喘ぎ、下からもズンズンと股間を突き上げてきた。

美熟女の口から吐き出される熱い息は、白粉のような甘い刺激を含んで鼻腔を掻き回した。

伸司は上品な匂いに興奮しながら律動を続け、いつしか股間をぶつけるように動いていた。溢れる愛液で動きが滑らかになり、ピチャクチャと淫らに湿った摩擦音が響いた。

美緒は今ごろ友人とおしゃべりしているだろうが、まさか初体験の相手が自分の母親と交わっているなど夢にも思っていないだろう。

伸司は志穂のかぐわしい吐息を嗅ぎながら腰を動かし続け、たちまち昇り詰めてしまった。何しろ多くの体位を体験し、すっかり下地が出来上がっていたのである。

「い、いく……！」

彼は絶頂の快感に口走り、熱い大量のザーメンをドクンドクンと勢いよく柔肉の奥へほとばしらせた。

「あう、もっと……」

噴出を感じた志穂が呻き、飲み込むようにモグモグと膣内を締め付けてきた。

伸司は心置きなく快感を嚙み締め、最後の一滴まで出し尽くしていった。

すっかり満足しながら徐々に動きを止めてゆくと、

「ああ……」

志穂も声を洩らし、熟れ肌の強ばりを解いていった。それでも大きなオルガスムスは得ていないようだが、演技されるより正直で良いと思った。

体重を預けると、まだ膣内はキュッキュッと収縮が続き、中で幹がヒクヒクと過敏に震えた。

そして彼は志穂の熱く甘い吐息を嗅ぎながら、うっとりと快感の余韻に浸り込んでいった。

「とうとう、小百合様の坊ちゃまと、してしまったわ……」

志穂が荒い息遣いで囁き、伸司も重なったまま呼吸を整えた。

やがて彼は身を起こし、そろそろと股間を引き離した。

「どうか、シャワーを」

すると志穂も身を起こして言い、ティッシュでの処理を省略して二人でベッドを降りた。

バスルームに入ると、先に志穂が手早くシャワーの湯を出し、彼の股間を洗い流してくれた。そして優雅な仕草でしゃがみ込み、自分も浴びながら指で股間を洗った。

脂の乗った熟れ肌が湯を弾き、もちろん伸司自身はすぐにもムクムクと回復していった。

「ね、オシッコ出して」

言いながら、彼は胸をときめかせて床に座った。

「ええ、どうすれば」

志穂が言うので目の前に立ってもらい、片方の足を浮かせてバスタブのふちに乗せさせた。そして開いた股間に顔を埋めると、濃かった匂いは薄れてしまったが、舐めると新たな愛液が溢れてきた。

「アア、すぐ出ますよ……」

志穂が息を詰めて言うので、彼も返事の代わりに舌の動きを激しくさせた。

するとと間もなく、チョロチョロと熱い流れがほとばしり、彼は味わいながら喉を潤した。

「アア……」

志穂は、ゆるゆると放尿しながら伸司の髪を撫で回し、次第に勢いを付けて注ぎ込んでくれた。やはり尿も薬用になるため、こうした行為に抵抗はないようだった。

しかし伸司に気を遣ってか、噎せるほど勢いは付けずセーブしてくれていた。

それでも溢れた分が心地よく肌を伝い流れ、彼は淡い匂いと味わいにうっとりとなった。

ようやく流れが治まると、彼は残り香の中で滴る雫をすすり、割れ目内部を舐め回した。

「も、もう……」

新たな愛液を漏らしながら志穂が言い、遠慮がちに彼の顔を股間から離すと足を下ろした。もう一度二人でシャワーを浴びると、身体を拭きバスルームを出てベッドに戻った。

もちろん彼の回復を見て、志穂もまだまだ付き合ってくれるようだ。

伸司が仰向けになって大股開きになると、すぐ志穂も心得て腹這いになり、股間に迫ってきた。

すると志穂は、伸司が言う前に自分から彼の両脚を浮かせ、尻の谷間を舐めてくれたのである。チロチロと舌先でくすぐり、唾液で濡らしてからヌルッと潜り込ませてくれた。

「あう……」

伸司は快感に呻き、美女の舌先を肛門で締め付けた。

志穂も息で陰嚢をくすぐりながら舌を蠢かせ、脚を下ろすと陰嚢にしゃぶり付いて睾丸を転がし、生温かな唾液にまみれさせた。

そして前進すると、完全に元の硬さと大きさを取り戻したペニスを巨乳の谷間に挟み、両側から揉んでくれたのだ。

「ああ、気持ちいい……」

肌の温もりと柔らかな感触に包まれ、彼は強烈なパイズリに喘いだ。

さらに志穂は屈み込み、谷間から覗く先端にチロチロと長い舌をからませるとようやく巨乳を離して亀頭にしゃぶり付いてきた。

モグモグとたぐるように根元まで呑み込むと、志穂は幹を締め付けて吸い、熱い息を股間に籠もらせながら舌をからめた。

さらに顔を上下させ、スポスポと強烈な摩擦を開始したのだ。

「ああ、すぐいきそう……」

急激に高まった伸司が口走ると、志穂がスポンと口を離した。

「お口に出しますか？　それとも」

「上から跨いで入れて下さい……」

志穂が言うので、伸司は好きな女上位を求めた。すると志穂も身を起こして前進し、彼の股間に跨がってきた。

唾液に濡れた先端に割れ目を当て、ゆっくり腰を沈めると、彼自身はヌルヌルッと滑らかに呑み込まれ、完全に嵌まり込んでいった。

多くの体位を経験し、これで四度目の挿入になる。

「アア……」

志穂が顔を仰け反らせて喘ぎ、巨乳を揺すりながら、密着した股間をグリグリと擦り付けるように動かしてきた。

伸司が両手を伸ばして抱き寄せると、彼女も身を重ねてきた。

巨乳が胸に押し付けられると、彼は両膝を立てて豊満な尻を支え、下から激しくしがみついた。

伸司は、彼女の腕を肩に回してもらい、顔を寄せ合いながらズンズンと股間を突き上げはじめた。

「ああ、いい気持ち……、二度目なのに、すごく硬いですよ……」

志穂が白粉臭の息で囁き、自分も合わせて腰を遣った。

「唾を飲ませて……」

下から言うと志穂も口に唾液を溜め、上から唇を重ねながらトロトロと注ぎ込んでくれた。

伸司はうっとりと味わい、美熟女の吐き出す生温かく小泡混じりのシロップで心地よく喉を潤した。

さらに彼女の色っぽい口に鼻を押し込み、濃厚な白粉臭の刺激で鼻腔を満たしながら、たちまち肉襞の摩擦の中で昇り詰めていった。

「あう、気持ちいい……!」

伸司は快感に口走りながら、ありったけの熱いザーメンを勢いよくほとばしらせた。

「アア、いく……！」

するとと今度こそ志穂も声を洩らし、ガクガクと狂おしいオルガスムスの痙攣を開始したのだった。

伸司は、最も年上の女性を果てさせることが出来、大きな悦びの中で快感を嚙み締め、心置きなく最後の一滴まで出し尽くしていった。

やがて動きを止めると、まだ名残惜しげに息づく膣内でヒクヒクと過敏に幹を震わせた。そして美熟女の重みと温もりを受け止め、かぐわしい吐息で胸を満たしながら余韻を嚙み締めたのだった。

3

「これで小百合と勇介も、二十何年かぶりに故郷へ帰れたのだな」

菩提寺での法要を終えると、太一郎が感慨深げに言い、伸司も頷いた。

翌日の午前中である。

昨夕、太一郎が奈保美の車で帰宅し、東京の共同墓地から運んだ二人の遺骨を持って来たのだ。

それで急遽、今日は伸司の両親の納骨が行われたのである。

奈保美は、背広も礼服も持っていない伸司のため、ちゃんと衣装を用意してくれていた。

法要の参加者は、伸司の他は太一郎と秘書の奈保美、久々に外出した恵利香、そして志穂と美緒の母娘だけだった。

昨夜友人の家に一泊した美緒は、志穂からのメールで今朝急いで帰宅し、着替えて参加していたのである。

そして勇介の親族はいないので、全ては月影家の関係者だけだった。

しかも伸司の養子縁組の届けも出されたようで、本日から正式に彼は月影姓となり、祖父の太一郎が養父となった。

これで、もし伸司が美緒と一緒になったら、志穂が義母となる。

かつて太一郎が志穂に手を出し、美緒が生まれたとしたら、美緒は伸司にとって年下の叔母となってしまうが、誰も何も言わないので、そうした事実はなく、伸司が勝手に想像したことに過ぎなかったようだ。

法要を済ませると、一同は二台の車で移動した。

月影製薬の社屋に近い最寄り駅にあるホテルの宴会場で、伸司が跡継ぎになった披露宴が行われるのだ。

一同が昼前にホテルに着くと、すでに宴会場には社の重役たちや関係者が揃いはじめていた。

総勢百人ほどであろうか。

やがて宴が催され、奈保美が歯切れよく進行役を務め、太一郎が挨拶をし、伸司も皆の前でマイクの前に立つことになった。

「本日から、月影伸司となりました。若輩(じゃくはい)者ですが、よろしくお願い致します」

短い挨拶だが、満場の拍手だった。

古い重役たちは小百合の顔も知っているし、伸司が母親の面影を持っているので、誰もが納得しているのだろう。

緊張の挨拶が終わると、あとはざっくばらんな立食パーティとなった。

多くの人が順々に伸司に挨拶をしに来た。

伸司も、事前に奈保美から名刺を渡されていたので、滞りなく名刺交換が出来た。ちなみに伸司の肩書きは、会長補佐である。

挨拶が一段落すると、伸司は一杯だけビールを飲み、あとはワインを少し舐めながら豪華な料理をつまんだ。

ドレス姿の恵利香は久々の外出が嬉しいらしく、あちこち回っては多くの料理をつまみ、ビールやワイン、水割りを順々に味わっていた。

「伸司さん、お目出度うございます」

美緒が来て言った。

「うん、何だか目が回って夢を見てるようだよ。早く屋敷に戻りたい」

「ええ、私も……」

伸司が言うと、人いきれが苦手らしく美緒もクスッと笑って言った。

「ゆうべは、お友達と色々話したの？」

「ええ、仲良しが三人集まって、私が最後の処女だったので、伸司さんとの初体験を事細かに話してしまったわ」

美緒が悪戯っぽく言い、ほんのり頬を染めた。もちろん彼女は未成年なのでジュースを飲んでいる。

伸司は、奈保美や恵利香のみならず、この母娘とも肌を重ねてしまったことを興奮とともに甦らせた。多少の後ろめたさも禁断の悦びとなり、秘密が心地よかった。

もちろん言ったところで媚薬を生業としているのだから抵抗はないだろうし、すでに誰もが察しているのかも知れない。

とにかく伸司は、太一郎が持つ莫大な財産を受け継ぐことになった。

もちろん製薬会社の方は、一族による専門のスタッフが運営しているので彼が口を出す案件などはなく、ひたすら媚薬に専念し、あとは看板として名を貸すばかりである。

その媚薬作りも、間もなく恵利香が引退だろうし、有り余る時間は有効に使わなければならない。

何といってもまだ二十歳なのだから、読書をして持ち込み原稿を書き、あるいは運転免許を取っても良い。都内は車が多くて恐いが、ここならドライブしたい気にもなっていた。

やがて料理も減ってくると、順々に人が挨拶して去っていった。

平日の急な宴会だったので、社員は豪華な昼食ぐらいの感覚で、また太一郎も簡素に終える気でいたようだった。参加できなかった平社員などは後日、社内報で知ることになるのだろう。

午後二時近くになると、恵利香と松野母娘の三人は、太一郎に言われて美緒の車で先に屋敷へ帰っていった。

太一郎と奈保美は最後の一人が帰るまで残り、伸司も一緒に全ての客を見送ると、ようやく三人は肩の力を抜いた。

「朝から疲れたろう」

「ええ、ネクタイしたのは生まれて初めてですので」

太一郎に言われ、伸司もネクタイを緩めながら笑顔で答えた。家はギリギリの生活だったし、知り合いもいないので彼は成人式も出ていなかったのだ。ネクタイは今朝、志穂に手伝ってもらって締めたのである。

「あの、父親になっても、じいちゃんと呼んでていいですか」

「ああ、それでいい」

言うと太一郎は笑みを浮かべて頷き、やがてホテルを出て奈保美の車に乗り込んだ。

「儂は社に寄るからな、夕食までに戻ると伝えてくれ」

太一郎が言ったので、奈保美は社に寄って彼を降ろし、また伸司と二人で走りはじめた。

伸司も確かに疲れてはいたが、むしろイベントを終えてほっとすると同時に、隣でハンドルを握る奈保美に激しい淫気を催してしまった。

「私の家に寄る？」

と、いきなり彼の気持ちを察したように奈保美が言った。彼女だけは常にタメ口なので、伸司は女教師にでも接しているような気になり、かしずかれるより気が楽だった。

「え、いいんですか」

「ええ、どうせ急いで帰ることもないでしょう」

奈保美が言うと、ハンドルを切って道を逸れた。彼女の住まいは、社と屋敷を行き来する道の中間にあるらしい。

しかし車は狭い砂利道に入り、高級車が大きくバウンドした。両側は背の高い草で、それをザザーッと抜けると山の麓に一軒の家があった。

（え……、これが奈保美さんの家……？）

駐車場でもない草原に車を停め、降りて家を見た伸司は驚いた。

颯爽たる奈保美だから、マンションかハイツかと思っていたが、目の前にあるのは平屋で、今にも崩れてしまいそうなボロボロの木造家屋なのである。

「驚いたでしょう。先祖代々ここに住んでるわ。雨風が凌げて寝られれば、それで充分」

「え、ええ……」

伸司が曖昧に頷くと、奈保美は玄関の引き戸を開けて中に招き入れた。

見た目は廃屋同然だし、草深い奥で誰も来ない場所だから施錠もしていないようだ。

それでも三和土に入ると、高級な靴やブーツが並んでいた。

上がり込むと、そこは三畳の茶の間、隣に四畳半の寝室、奥に狭い板張りのキッチン、あとはどうやら汲み取り式のトイレだけで、風呂はなく裏に井戸があるようだった。

辛うじて電気ガス水道はあり、四畳半には鏡台や、服を入れるファンシーケースなどがあった。

冷房や扇風機などはないが、窓を開けるとひんやりした風が通り抜け、室内は隅々まで掃除が行き届いているようだ。

本当に寝るだけで、食事は外で、シャワー付きトイレなどは出社したときに使用しているのだろう。

伸司が住んでいた狭い賃貸マンションの方が遥かに近代的だが、上忍でも、昔はこれで普通だったのかも知れない。

優秀で、いくらでも相手がいそうなのに奈保美は結婚もしていないようで、伸司も立ち入ったことは訊けなかった。

　すると奈保美が押し入れから布団を出して敷き延べはじめたのだった。

4

「さあ、脱いで。二人でお疲れさま会をしましょう」

　奈保美が言い、手早く黒いスーツを脱ぎ去っていった。

　伸司も上着を脱ぎ、窮屈なネクタイを解きながら激しく勃起した。

　やがて全裸になると、彼は布団に仰向けになった。

　枕には、奈保美の匂いが濃厚に沁み付き、その刺激が鼻腔から胸を通して股間に伝わっていった。

　すぐに奈保美も一糸まとわぬ姿になり、今日はメガネまで外したので、彼は何やら見知らぬ美女を相手にしている気になった。しかも昭和のままの古い一軒家の中なので、新鮮な興奮に包まれた。

「ああ、すごい勃ってるわ。嬉しい」

　奈保美が彼に迫り、膝を突いて肌を撫で回して言った。

「青山伸司の童貞を頂いて、月影一族になった日の初物（はつもの）まで貰えるのね」

彼女が囁いて屈み込み、やんわりとペニスを握ってきた。

そしてニギニギと愛撫すると尿道口から粘液が滲み、奈保美は舌を伸ばしてチロチロと先端を舐め回しはじめた。

「ああ……」

伸司は仰向けのまま息を弾ませて喘ぎ、美女の愛撫に身を委ねた。

奈保美は充分に先端を舐めると、張り詰めた亀頭をくわえ、小刻みに吸い付きながら喉の奥まで呑み込んでいった。

幹の根元近くを口で丸く締め付けて吸い、熱い息を股間に籠もらせながら奈保美はクチュクチュと舌をからめてきた。

伸司は快感に悶えながら、生温かな唾液にまみれた幹を震わせた。

さらに彼女が顔を上下させ、貪欲にスポスポと強烈な摩擦を繰り返すものだから急激に絶頂が迫ってしまった。

「い、いきそう、待って……」

肛門を引き締めながら言い、慌てて半身を起こすと奈保美もスポンと口を離してきた。

「いいわ、私にして……」

彼女が言って仰向けになったので、伸司も移動して美しい爪先に迫った。足裏に舌を這わせながら指の間に鼻を押し付けると、さすがに朝から動き回っていただけあり、ムレムレの匂いが濃く沁み付いていた。

伸司は蒸れた匂いを貪ってから爪先をしゃぶり、指の股に舌を割り込ませ、汗と脂の湿り気を味わった。

奈保美は目を閉じ、身を投げ出して愛撫を受け止めてくれている。

彼は両足ともしゃぶり尽くし、味と匂いを堪能してから股を開かせた。

スラリとした脚の内側を舐め上げ、ムッチリと張り詰めた内腿をたどり、股間に迫っていった。

茂みに鼻を埋め込んで嗅ぐと、蒸れた熱気が鼻腔に広がり、濃厚な汗とオシッコの匂いが胸に沁み込んできた。

汗ばんでいるのも確かだが、この昭和のレトロな室内だと、さらにいつになく匂いが濃く感じられるような気がした。

伸司は何度も深呼吸するように嗅ぎ、割れ目に舌を這わせていった。

淡い酸味のヌメリがどんどん泉のように湧き出し、彼は夢中ですすりながら膣口の襞を探り、ツンと突き立ったクリトリスまで舐め上げていった。

「アア……」

奈保美が身を反らせて喘ぎ、内腿できつく彼の顔を挟み付けた。

伸司はクリトリスに吸い付き、味と匂いを堪能してから彼女の両脚を浮かせ、尻の谷間にも鼻を埋め込んでいった。

可憐な蕾に籠もる蒸れた匂いを嗅いでから舌を這わせ、ヌルッと潜り込ませて微妙に甘苦い粘膜を探った。

「く……、指を入れて……」

と、肛門で舌先を締め付けながら、珍しく奈保美の方から要求してきた。

彼も舌を引っ込めて脚を下ろし、左手の人差し指を舐めて濡らし、可憐な蕾に潜り込ませていった。

「あう、奥まで……、前にも入れて……」

奈保美がズブズブと指を受け入れながら呻き、彼は右手の指も濡れた膣口に押し込んだ。

「そっちは指を二本にして」

奈保美がさらにせがむ。自室だとリラックスしているのか、快楽にも正直になっているのだろう。

伸司も、あらためて右手の二本の指を膣内に潜り込ませ、彼女の前後の穴を塞いで内壁を小刻みに摩擦した。

さらにクリトリスに吸い付いていくと、

「アア、いい気持ち……、もっと動かして……！」

奈保美が喘ぎ、前後の穴できつく指を締め付けて悶え、白い下腹をヒクヒクと波打たせた。

肛門内部の指は、舌では届かない奥まで達して粘膜を探り、膣内の二本の指は天井のGスポットを圧迫した。さらにクリトリスを舐められ、彼女は三箇所を愛撫されて狂おしく悶えた。

「い、いきそう……、本物を入れて……！」

たちまち高まったように奈保美が言うので、彼も舌を引っ込め、前後の穴からヌルッと指を引き抜いた。

「あう……」

抜ける刺激に、彼女がビクッと反応して呻いた。

膣内にあった二本の指は白っぽく攪拌(かくはん)された愛液にまみれ、指の股は膜が張っているようだった。肛門に入っていた指に汚れはないが、嗅ぐと生々しい匂いが感じられて彼の興奮が高まった。

伸司は身を起こして股間を進め、先端を濡れた割れ目に擦り付け、ゆっくりと膣口に挿入していった。

ヌルヌルッと滑らかに根元まで嵌め込むと、

「アアッ……！」

奈保美が顔を仰け反らせて喘ぎ、両手を伸ばして彼を抱き寄せた。

伸司も深々と潜り込ませて股間を密着させ、肉襞の摩擦と締め付け、温もりと潤いを味わって身を重ねていった。

「い、いい気持ち……」

彼女は言って下から両手でしがみつき、ズンズンと股間を突き上げてきた。

しかし伸司はまだ動かず、屈み込んで乳首に吸い付き、舌で転がしながら立ち昇る体臭を嗅いだ。

左右の乳首を含んで舐め回し、ジットリ湿った腋の下にも鼻を埋めて嗅ぐと、彼は甘ったるく濃厚な汗の匂いに噎せ返った。

「つ、突いて……」

動きながらせがみ、彼もようやくズンズンと腰を突き動かしはじめると、何と奈保美がたちまちオルガスムスに達してしまったのだ。

「い、いく……、アアーッ……！」

声を上ずらせると、彼を乗せたままブリッジするように腰を跳ね上げ、膣内を激しく収縮させた。そして愛液も、粗相（そそう）したように大量に漏らして彼の下で乱れに乱れた。

伸司は凄まじいオルガスムスに圧倒され、果てそびれてしまった。

それでも腰を動かしていると、何度か彼女はビクッと仰け反り、快感を嚙み締めてからグッタリとなっていった。

「アア、すごかった……」

奈保美が力を抜いて身を投げ出し、精根（せいこん）尽（つ）き果（は）てたように声を洩らした。

冷徹で颯爽たるくノ一が、欲も得もない表情で放心している様子は初めて見るものだった。

伸司は果てないまま動きを止め、そろそろと股間を引き離し、奈保美が平静に戻るのを待ったのだった。

5

「いかなかったのね……」

呼吸を整えながら、奈保美がとろんとした眼差しで伸司に言う。

「うん、奈保美さんがあんまりすごいのでいきそびれちゃった……」

伸司も、いったん身を離して答えた。

「いいわ、あとで何でもしてあげる。まず水を浴びましょう……」

奈保美が言って身を起こしたので、彼も立って一緒に部屋を出た。

勝手口から外に出ると、そこは簀の子の敷かれた井戸端だ。

夏場なので、彼女はここで水浴びをするのだろう。塀も囲いもないが、どうせ周囲は山と草ばかりだ。

奈保美が水を汲んで股間を洗い流すと、伸司は簀の子に座って彼女の股間を引き寄せた。

「なに」

「オシッコ出して……」

言うと、彼女も手桶を置いて伸司の前に立ち、片方の足を浮かせて井戸のふちに乗せ、大きく股を開いてくれた。

「やっぱり血筋なのね。オシッコの媚薬効果が分かるのかしら」

奈保美は言いながら尿意を高めてくれたが、そんな大層なものではなく、単に伸司がフェチックな性癖を持っているだけのことだ。

それでも、媚薬の知識があるから要求を素直に聞いてもらえて嬉しかった。

これが、一般の女性にオシッコを求めたら、すぐにも変態扱いされてしまうことだろう。

股間に鼻と口を押し付けると、濃かった匂いは薄れたが、舐めると新たな愛液が溢れてきた。

「な、舐めないで、集中できないわ……」

奈保美が脚を震わせ、まだ敏感になっているように呻いた。

彼が舐めるのを止め、口を付けて待っていると、

「あう、出るわ……」

奈保美が息を詰めて言うと、すぐにも熱い流れがチョロチョロとほとばしってきた。

伸司は口に受け、淡い味と匂いを噛み締めながら喉を潤し、うっとりと酔いし

れた。たちまち勢いが増すと、口から溢れた分が心地よく肌を伝い流れ、勃起したままのペニスが温かく浸された。

「アア……」

奈保美は熱く喘ぎながら放尿を続け、やがて出しきると流れが治まった。

見ると、ポタポタ滴る残りの雫に愛液が混じり、ツツーッと淫らに糸を引いて溢れた。

どうやら、まだまだ彼女の淫気もくすぶっているのだろう。

伸司は残り香の中で割れ目を舐め回し、ヌメリをすすった。

「も、もうダメ、続きは部屋で……」

奈保美が言って足を下ろしたので、彼も顔を離し、二人でもう一度井戸水を浴びた。

身体を拭いて部屋の布団に戻ると、彼は仰向けになった。

すると奈保美が屈み込んで亀頭をしゃぶり、念入りに舌を這わせて充分な唾液で濡らしてくれた。

「上から入れて下さい……」

さっきはいきそびれたが、今度はすっかり高まって彼が言うと、すぐに奈保美が身を起こして前進した。

ヒラリと跨がると、唾液に濡れた先端に割れ目を押し当て、息を詰めてゆっくり腰を沈み込ませていった。張り詰めた亀頭が潜り込むと、あとは潤いと重みで、ヌルヌルッと根元まで呑み込まれた。

「アアッ……！」

奈保美が股間を密着させて喘ぎ、脚をM字にしたままスクワットするように、ズンズンと股間を上下させはじめたのだ。さすがに体術に長けた彼女は疲れることもなく、内腿と脹ら脛の筋肉を艶めかしく躍動させながら、滑らかに律動を繰り返した。

「ああ、気持ちいい……」

伸司も深い密着感と摩擦、股間にキュッキュッと押し付けられる割れ目の感触に高まって喘いだ。

もちろん顔が遠いので、彼は両手を伸ばして抱き寄せた。

奈保美も身を重ね、彼の胸に乳房を密着させると、上からピッタリと唇を重ねてきた。

彼も下からしがみつき、両膝を立てて尻を支えながら股間を突き上げた。

「ンン……」

奈保美が熱く鼻を鳴らし、息で彼の鼻腔を湿らせながらネットリと舌をからめた。伸司も唾液のヌメリを味わいながら舌をからめ、次第に激しく動きはじめていった。

溢れる愛液が陰嚢の脇を生温かく伝い流れ、動くたびピチャクチャと湿った摩擦音が聞こえてきた。

「アア、またいきそう……」

奈保美が唾液の糸を引いて口を離し、収縮と潤いを強めていった。

伸司は、彼女の吐き出す熱く湿り気のある息を嗅いで鼻腔を満たした。すると、いつもの彼女本来の上品な花粉臭に、ほんのりオニオン臭が混じり悩ましく鼻腔が刺激された。

「ね、下の歯を僕の鼻の下に引っかけて……」

高まりながら言うと、彼女も興奮に任せてすぐにしてくれた。綺麗な下の歯並びが鼻の下に当てられ、大きく口が開かれた。

胸いっぱいに嗅ぐと、美女の口の匂いにほのかなプラーク臭の刺激も混じり、一種のギャップ萌えに彼は絶頂を迫らせた。

しかも彼女は恥ずかしいだろうが、伸司の目の前に鼻の穴が迫り、これも滅多に見られない大胆なアングルなので、その眺めにも激しく高まった。

「い、いく……！」

伸司は肉襞の摩擦と締め付けに昇り詰めて口走り、美女の濃厚な吐息の匂いで大きな快感に包まれた。

同時に、ありったけの熱いザーメンがドクンドクンと勢いよくほとばしり、彼女の奥深い部分を直撃した。

「い、いい……、アアーッ……！」

噴出を感じると、たちまち奈保美も二度目のオルガスムスに達し、ガクガクと狂おしい痙攣を開始したのだった。

吸い付くような膣内の感触と蠢き、締め付けに包まれながら伸司は心ゆくまで快感を味わい、最後の一滴まで出し尽くしていった。

すっかり満足しながら徐々に突き上げを弱めていくと、

「アア……」

奈保美も満足げに声を洩らし、グッタリと力を抜いて体重を預けてきた。

まだ膣内は名残惜しげな収縮をキュッキュッと繰り返し、彼自身は中でヒクヒクと過敏に幹を跳ね上げた。

「あうう、もうダメ……」

奈保美も敏感になっているように呻き、幹の震えを押さえ付けるようにキュッときつく締め上げてきた。

彼は美女の重みと温もりを受け止め、湿り気のある濃厚な吐息で胸をいっぱいに満たし、うっとりと快感の余韻に浸り込んでいったのだった……。


——夕方、伸司は車で屋敷まで送ってもらうと、奈保美は志穂たちに挨拶することもなくそのままUターンして帰っていった。

食堂には志穂と美緒がいて、ちょうど夕食が調う頃だった。

恵利香は、やはり二階に籠もったらしい。太一郎はまだ帰宅しておらず、祝いの日なので重役と夕食でもするのだろう。

「お帰りなさい。お疲れ様でした」

「ただいま。じゃ、着替えてすぐ来ますね」

何の疑いもなく母娘が言い、彼も笑顔で答えて自室に入った。

そして伸司はネクタイと礼服を脱いでハンガーに吊るし、甚兵衛に着替えてから食堂に戻った。

「あらためて、お目出度うございます」

志穂が言い、ビールを注いでくれた。やはり両親の納骨と、正式な養子縁組で家族になった祝いなのだろう。

家なので、美緒もグラスに一杯だけビールを乾杯して飲んだ。

もちろん昼間の宴会のあと、二人は彼が奈保美の家で濃厚な交わりをしたなどとは思ってもいないだろう。

「これから、何かしたいことはあるかしら？」

「ええ、運転免許の合宿にでも行こうかなと」

志穂に聞かれ、伸司は思っていたことを答えた。

「合宿なんて勿体ないわ。この一帯は私有地だから勝手に運転するといいわ。私が教えてあげる。私も奈保美さんに教わってそうしたの。慣れた頃に試験場に行けば一発で受かるわ」

美緒が言い、なるほど、広大な敷地があればそういう方法もあるのだろうと伸司は思った。

やがてビールを飲み干して料理をつまみ、食事を終えると彼は風呂に入った。

そして自室に戻ると、さすがに多くのことがあって疲れたのだろう。

ベッドに横になると、

(今日から、月影伸司か……)

感慨を持って肝に銘じた。

もう今夜は伸司も淫気を催すことなく、そのまま目を閉じると、すぐにも深い眠りに落ちてしまったのだった。

第五章　二人ぶんの味と匂い

1

「美緒は、今日は二階で恵利香さんを手伝っているので、坊ちゃまもたまに様子を見てあげて下さいね」

伸司が太一郎と一緒に朝食を終えると、志穂が言った。

「分かりました」

伸司は、妖しい期待を抱きつつ返事をした。

「じゃ、私はお買い物に行ってきます」

「儂も社へ送ってもらうのでな」

志穂と太一郎が言い、二人は一緒に車で出かけていった。

伸司は見送り、自室に戻って歯磨きだけ済ませると、すぐ部屋を出て、もう迷わず二重のどんでん返しの戸を抜けて二階に上がった。

製薬の作業場に入ったが、二人の姿はない。奥にある恵利香の部屋も覗いたが誰もいなかった。

そしてバストイレも確認すると、奥のサウナ室の灯りが点いていたのである。

恐る恐る戸を開けて覗いてみると、

「ああ、伸司さん、もう少し待って……」

恵利香と美緒が言った。

伸司は、もわっと漏れてくる濃厚に甘ったるい熱気を嗅いで、慌てて戸を締めた。そして今見た異様な光景が目に焼き付いた。

何と二人は全裸で抱き合い、首だけ出して、全身を大きなビニール袋に包まれていたのである。

どうやら二人分の汗を採集しているようだった。

すでに美緒は処女ではないが構わないのだろう。それだけ、二人分でも一人の小水ほどの量も採れない貴重なものらしい。

伸司は妖しい秘薬作りの光景に、痛いほど股間を突っ張らせてしまった。

やがてサウナの戸が開き、

「伸司さん、お願い、手伝って」

恵利香に呼ばれ、彼は再びバスルームの奥へ行った。

ちょうど彼女がサウナのスイッチを切り、ビニール袋に入ったまま抱き合った二人が出ようとしていた。

伸司も、そろそろと出てくる二人を支えた。

ビニール袋の底には二人分の汗が溜まり、移動するたびピチャピチャと音がしていた。二人は袋を足で破かないよう注意深くバスルームを通過し、作業場へと出てきた。

首だけ出している二人の顔中も汗まみれで、何とも濃く甘ったるい匂いが彼の鼻腔と股間を刺激してきた。

「いい？　出るわ」

恵利香が言って美緒が頷くと、二人はゆっくりビニール袋を首から胸へ押し下げていった。

「ああ、涼しいわ……」

美緒が言う。作業場は冷房も入っていないが、換気と灯り取りの窓があって風が通り、サウナに比べたら心地よいだろう。

伸司も、二人分の汗まみれの肌の匂いを嗅いで興奮しながら手伝い、ビニール袋を下ろしていった。

　やがて二人は全身を露わにし、支え合いながらゆっくりと足を引き抜いていった。そして汗の溜まったビニール袋の下に、恵利香は用意してあったタッパーを置いた。

「こぼさないように」

　恵利香が言い、三人でビニール袋を逆さにし、二人分の溜まった汗を注いでいった。

　出しきると、さらにビニール袋を畳んで残りを絞った。

　その間も、二人の全身には汗の雫が這い回り、手のひらで肌を撫でてはタッパーにふるい落としていた。

　汗は透明に近いが、多少の不純物も見受けられるので、二人は事前にシャワーも浴びず、いきなりサウナに入ったのだろう。

　二人分の貴重な汗がタッパーに溜まると、ようやく恵利香がしゃがみ込んで蓋をした。

　二人は貴重な汗を大切に扱い、秘薬作りも実に大変なのだなと思った。

　二人が全裸なので、たちまち伸司も作務衣と下着を脱ぎ去ってしまった。

「まあ、すごい勃ってるわ……」

「うん、早くシャワーを浴びたいだろうけど、ナマの匂いが好きなので少しだけ我慢して」

　伸司は恵利香に言い、布団を敷き延べて仰向けになってしまった。

　すると二人も、汗まみれの全身を拭こうともせず、すぐにも応じて左右から屈み込んでくれたのだ。

「いいわ、じゃあ、じっとしててね」

　恵利香が言って彼の乳首にチュッと吸い付くと、美緒も、もう片方の乳首に舌を這わせてくれた。

「あう……」

　彼は、左右の乳首を同時に吸われ、ダブルの刺激にビクリと反応して呻いた。

　二人も熱い息で肌をくすぐりながら両の乳首を舐め、その間も鼻の頭や顎から滴る汗が肌を濡らした。

「ああ、気持ちいい……、嚙んで……」

　勃起しながら言うと、二人もキュッと歯を立ててくれた。恵利香の方は作り物の歯並びである。

「く……、もっと強く……」

伸司が甘美な刺激に身悶えて言うと、二人も咀嚼するようにモグモグと噛んでくれ、さらに脇腹や下腹にも綺麗な歯並びを食い込ませてくれた。

伸司は、美女たちに食べられているような快感と興奮に包まれ、幹を震わせながら息を弾ませた。

すると二人は、股間を後回しにして脚を舐め下りてゆき、二人同時に彼の両の爪先にしゃぶり付いてきたのだ。

「あう……、いいよ、そんなこと……」

伸司は申し訳ない快感に言ったが、二人は自分の欲望を満たすためのように指の股に舌を割り込ませてきた。

する分には良いが、される側になると彼はじっとしていられずクネクネと悶えた。そして二人は爪先をしゃぶり尽くすと、彼を大股開きにさせて脚の内側を舐め上げてきたのだった。

内腿にもキュッと歯が食い込むと、思わずビクリと身構えてしまった。

すると恵利香が彼の両脚を浮かせ、先に尻の谷間を舐め回し、ヌルッと潜り込ませてきたのである。

「く……、気持ちいい……」

仲司は妖しい快感に呻き、キュッと肛門で舌先を締め付けた。

恵利香が中で舌を蠢かせてから引き離すと、すかさず美緒も舐め回し、同じように潜り込ませた。

立て続けだと、二人の舌の微妙な感触の違いが分かり、いかにも二人にされているのだという実感が湧いた。

彼の肛門を味わい尽くすと、脚が下ろされ、二人は頬を寄せ合って同時に陰嚢にしゃぶり付いてきた。

それぞれの睾丸が舌で転がされ、熱く混じった息が股間に籠もった。

そして袋が唾液にまみれると、いよいよ二人は前進し、肉棒の裏側と側面を一緒に舐め上げてきたのである。

滑らかな二人分の舌が先端まで来ると、粘液の滲む尿道口を交互にチロチロと舐められた。

さらに張り詰めた亀頭にも舌が這い、女同士の舌が触れ合うことも厭わずに、おしゃぶりが繰り返された。

「気持ちいい、いきそう……」

伸司は快感に高まって言うと、二人は交互にスッポリと呑み込み、舌をからめて吸い付きながらスポンと引き離しては交替した。

たちまち彼自身は、二人分の混じり合った唾液にまみれて絶頂を迫らせ、もうどちらに含まれているか分からないほど朦朧となってきた。

「ま、待って、まだ勿体ない……」

伸司が暴発を堪えて言うと、二人もようやく舌を引っ込めて顔を上げた。

「ぼ、僕も舐めたい……」

「いいわ、どうしてほしいかしら」

「足の裏を……」

言うと二人も身を起こし、仰向けの彼の顔の左右に立った。

全裸の二人を真下から見上げるのは何とも壮観である。しかも二人とも全身がヌラヌラと汗にまみれて光沢を放ち、何やら艶めかしい巨大な軟体動物が立っているようだった。

二人は身体を支え合いながら片方の足を浮かせ、同時に彼の顔をキュッと踏んでくれた。

「アア……」

伸司は二人分の足裏を顔に受けて喘ぎ、それぞれに舌を這わせ、指の股に鼻を割り込ませて嗅いだ。

汗に濡れているが、どちらも蒸れた匂いを濃く籠もらせ、しかも二人分だから彼はうっとりと胸を満たした。交互に爪先をしゃぶって舌を潜らせると、汗の味が感じられた。

やがて足を交替してもらい、二人の新鮮で濃厚な味と匂いを貪ると、ようやく伸司は口を離したのだった。

2

「顔に跨がって」

言うと、先に姉貴分の恵利香が跨がり、和式トイレスタイルでしゃがみ込んできた。脚がM字になると白い内腿がムッチリと張り詰め、処女の割れ目が鼻先に迫った。

はみ出した陰唇が濡れているが、大部分は汗だろう。

腰を抱き寄せ、湿った茂みに鼻を埋め込むと、甘ったるい汗の匂いばかりでなく、悩ましいオシッコの匂いも混じって鼻腔が掻き回された。

貪るように嗅ぎながら舌を這わせると、ヌメリはやはり汗か愛液か判然としないが、次第に潤いが増してきた。

無垢な膣口から、大きなクリトリスまで舐め上げていくと、

「あう、いい気持ち……」

恵利香が呻き、彼の顔の上で身をくねらせた。

伸司はチロチロと執拗に舐め回し、味と匂いを堪能してから、尻の真下に潜り込んだ。

汗ばんだ双丘を顔中に受け、レモンの先のように突き出た蕾に鼻を埋め、蒸れた匂いを嗅いでから舌を這わせた。

ヌルッと潜り込ませると、微妙に甘苦く滑らかな粘膜が迎えた。

「く……」

恵利香は呻き、味わうようにモグモグと肛門で彼の舌先を締め付けてきた。

伸司も充分に舌を蠢かせると、彼女は自分から腰を浮かせて美緒のために場所を空けた。

すると美緒も、ためらいなく跨がり、しゃがみ込んできたのである。

ぷっくりした割れ目が迫ると、彼は腰を抱き寄せて若草の丘に鼻を埋めて嗅い

だ。蒸れた汗とオシッコの匂いに混じり、可憐なチーズ臭の刺激も鼻腔を満たしてきた。

仲司はうっとりと嗅ぎながら舌を這わせ、汗混じりの蜜をすすり、小粒のクリトリスを舐め回した。

「アア……、いい……」

美緒が熱く喘ぎ、キュッと座り込みそうになりながら両足を踏ん張った。

彼は美少女の匂いに酔いしれ、ヌメリをすすってから尻の下に移動した。

大きな水蜜桃のような双丘を顔中に受け止め、谷間の蕾に鼻を埋めて嗅いだが感じられるのは汗の匂いばかりだ。

舌を這わせてヌルッと潜り込ませ、滑らかな粘膜を探ると、

「ああ……、入れたいわ……」

美緒が息を弾ませて言った。

「いいわ、入れなさい」

恵利香が答えたので、仲司は完全に二人の快楽の道具扱いだった。

やがて恵利香に支えられ、美緒が股間を浮かせて彼の上を移動していった。

恵利香もためらいなく手伝っているので、すでに美緒が初体験を済ませたこと

を察しているのだろう。

そして自分の方は、あくまで秘薬作りのため律儀に処女を守るつもりのようだった。

美緒が彼の股間に跨がると、恵利香が甲斐甲斐しく幹に指を添えて先端を膣口に導いた。近々自分も体験するので、じっくり観察してシミュレーションしているのだろう。

やがて位置が定まると、美緒は息を詰めながら、自分からゆっくり腰を沈み込ませてきた。張り詰めた亀頭が潜り込むと、あとは重みと潤いでヌルヌルッと滑らかに根元まで嵌まり込んでいった。

「アアッ……！」

美緒が顔を仰け反らせて喘ぎ、ぺたりと座り込んで股間を密着させた。

伸司もきつい締め付けと熱いほどの温もり、充分な潤いと摩擦を感じながら高まった。

そして両手を伸ばして美緒を抱き寄せると、恵利香も横から添い寝してきた。

彼は潜り込むようにして美少女の左右の乳首を含み、舌で転がした。

もちろん隣の恵利香の胸も引き寄せて乳首を味わい、平等に両の乳首を貪ったのだった。

　さらに二人の腋の下にも順々に鼻を埋め、濃厚に甘ったるい汗の匂いで胸を満たした。恵利香の湿った腋毛には、美緒以上に濃い体臭が沁み付いて伸司を酔わせた。

　ズンズンと股間を突き上げはじめると、

「アア……」

　美緒が喘ぎ、自分も合わせて腰を遣い、クチュクチュと湿った摩擦音を立てはじめた。

「大丈夫？　痛くない？」

「ええ、いい気持ち……」

　気遣って囁くと、美緒が答えた。彼女もまた家伝の秘薬を吸収しているから、もう初回のような破瓜の痛みもなく、急激な成長で快感を覚えはじめているのかも知れない。

　それならと彼も遠慮なく勢いを付けて股間を突き上げ、二人の顔を引き寄せて三人同時に唇を重ねた。

　舌を伸ばすと、二人もチロチロと舌をからめてくれ、混じり合った息で伸司の顔中が心地よく湿った。

美女二人の舌を同時に舐められるとは、何という贅沢な快感であろう。

「唾を垂らして……」

囁くと、二人も懸命に唾液を分泌させては、交互にトロトロと吐き出してくれた。水分はほとんど汗になっているので量は少なかったが、それでも二人分の生温かな唾液を味わい、彼はうっとりと喉を潤した。

そしてリズミカルに股間を突き上げるうち、

「アア……、すごいわ……」

美緒が口を離して喘ぎはじめた。どうやら膣感覚の絶頂が迫ったように、ガクガクと全身が痙攣しはじめていた。

伸司も彼女の成長ぶりに驚きながらも、摩擦快感に酔いしれた。

二人の口に鼻を押し込んで熱い息を嗅ぐと、美緒の甘酸っぱい果実臭と、恵利香の淡いシナモン臭が混じって鼻腔を刺激してきた。

「い、いく……！」

たちまち伸司は、大きな絶頂の快感に貫かれて口走った。

熱い大量のザーメンがドクンドクンと勢いよくほとばしると、

「あう、熱いわ……」

噴出を感じた美緒が呻き、キュッキュッと収縮を活発にさせた。

伸司は溶けてしまいそうな快感を嚙み締め、心置きなく最後の一滴まで出し尽くしていった。

満足しながら突き上げを止めて身を投げ出すと、

「アア……」

美緒も喘ぎ、肌の硬直を解いてグッタリともたれかかってきた。

まだ膣内は収縮が繰り返され、刺激された幹が中でヒクヒクと過敏に震えた。

そして伸司は、上からの美少女の重み、横から密着する恵利香の温もりに包まれ、二人分のかぐわしい吐息を嗅ぎながら、うっとりと快感の余韻に浸り込んでいったのだった。

「ああ、気持ち良かったわ……」

美緒が精根尽き果てたように呟き、いま初めて本当のセックスを知ったようだった。やはり初回は夢中でよく分からなかったのだろう。

「早く私もしてみたいわ……」

満足げにしている美緒を見て、恵利香が羨ましそうに言った。

「さあ、もうシャワー浴びてもいいわね」

恵利香が言って身を起こしたので、美緒もそろそろと股間を引き離した。

伸司も起きて美緒の割れ目を覗き込むと、もう出血はなく、柔肉が満足げに息づいていた。

やがて三人は立ち上がり、バスルームへと移動していった。

3

「ああ、気持ちいいわ……」

ようやくシャワーを浴び、恵利香と美緒がうっとりと声を洩らした。

これで濃厚だった汗の匂いは消えてしまい、伸司は惜しかったが仕方がない。

三人で身体を洗い流すと、彼はバスルームの床に座り込んで、両側に二人を立たせた。

「オシッコかけて」

ムクムクと勃起しながら言うと、二人も彼の左右の肩に跨がってくれた。

秘薬の材料だから、二人ともオシッコを出すことに抵抗が無くて助かる。

伸司が二人の太腿を抱えると、恵利香と美緒も両側から彼の顔に向けて股間を突き出してくれた。

交互に顔を向けて割れ目を舐めると、やはり匂いは消え去ったが、新たな愛液が溢れて舌の動きがヌラヌラと滑らかになった。

「アア、出そう……」

恵利香が息を弾ませて言い、下腹に力を入れた。汗の採集のときは、オシッコを混ぜてはいけないからと、ずっと我慢していたのかも知れない。

間もなく恵利香の割れ目からチョロチョロと熱い流れがほとばしり、少し遅れて美緒も控えめな勢いで放尿を開始した。

彼はそれぞれの割れ目に舌を伸ばして熱い流れを味わい、交互に喉を潤した。

片方に向いている間は、もう一人の流れは心地よく浴びせられ、温かく肌を伝い流れた。

どちらも匂いは淡いが、二人分となると鼻腔が悩ましく刺激された。

やがて勢いが付いて注がれたが、間もなく順々に流れが弱まり、治まってしまった。

伸司は二人の割れ目を舐め回し、残り香の中で残りの雫をすすった。

そして口を離すと、二人も股間を引き離してしゃがみ込み、もう一度三人でシャワーを浴びた。

身体を拭いて布団に戻ると、また伸司は仰向けになった。

「ね、いくまで舐めて……」

まだ果てていない恵利香が言うので、伸司は彼女を顔に跨がらせた。

恵利香も遠慮なくしゃがみ込み、再び彼の口に割れ目を押し付けてきた。

舌を這わせ、大きなクリトリスにチュッと吸い付くと、

「アア……、いい気持ち……」

恵利香が喘ぎ、トロトロと新たな愛液を漏らしてきた。

すると美緒が屈み込み、回復したペニスにしゃぶり付いてくれたのだ。

伸司は美少女の口の中で幹を震わせ、心地よい舌の蠢きと吸引で最大限に膨張していった。

その間も、執拗に恵利香のクリトリスを刺激し続けると、

「い、いっちゃう、気持ちいい……、アアーッ……!」

早々と恵利香が喘ぎ、ガクガクと狂おしいオルガスムスの痙攣を開始した。

粗相したように大量の愛液が漏れて滴り、彼の顎から首まで生温かく濡らしてきた。

なおもクリトリスを吸い、舌先を蠢かせていると、

「も、もういいわ……」

敏感になった恵利香が言って、ビクリと股間を引き離した。

するとと美緒も、チュパッとペニスから口を離して添い寝してきた。

恵利香はハアハアと息を弾ませ、うっとりと余韻を味わいながら呼吸を整えていたが、

「いいわ、最後は私のお口に出して……」

言うと口に手を当て、総入れ歯を外して移動した。

美緒の方は、初めて挿入による膣感覚で大きな快感を得たので、もう今日は充分のようだった。

そして恵利香が大股開きになった伸司の股間に腹這い、先端に舌を這わせてきたので、彼は美緒の顔を引き寄せて唇を重ねた。

恵利香も亀頭をしゃぶり、スッポリと呑み込んで舌をからめ、滑らかな歯茎によるマッサージも開始してくれた。

美少女とキスをしながら、美女の歯のない口でペニスを愛撫されるなど、これも実に贅沢な快感である。

恵利香がたっぷりと唾液を出してペニスをヌメらせ、顔を上下させてスポスポと本格的な摩擦を繰り返した。

「ああ……」

伸司も喘ぎながらズンズンと股間を突き上げ、歯のない口腔の感触と温もりに高まっていった。

そして美緒の開いた口に鼻を押し込み、熱く湿り気ある甘酸っぱい吐息を胸いっぱいに嗅いだ。桃とリンゴとイチゴを混ぜたような果実臭で、しかも美緒も舌を這わせ、彼の鼻の穴をヌラヌラと舐め回してくれたのだ。

息の匂いに、唾液の匂いも混じって鼻腔が刺激された。

その間も、恵利香による強烈な摩擦が続いていた。

「い、いく……、気持ちいい、アアッ……!」

たちまち伸司は二度目の絶頂を迎え、大きな快感に熱く喘いだ。そしてありったけのザーメンをドクンドクンと勢いよくほとばしらせた。

「ンン……」

恵利香が喉の奥に噴出を受けて呻くと、さらに余りをチューッと強く吸い出してくれたのだ。

するとドクドクと脈打つリズムが無視され、陰嚢から直に吸い出されるような快感が湧いた。まるでペニスがストローと化し、射精の意思に関わらず吸い取られているようだった。

「あうう、すごい……」

伸司は、魂まで抜き取られるような心地で呻き、最後の一滴まで出し尽くしてしまった。

力を抜いてグッタリと身を投げ出すと、恵利香も動きを止め、亀頭を含んだまま口に溜まったザーメンをゴクリと一息に飲み干してくれた。

「く……」

嚥下と同時に口腔がキュッと締まり、彼は駄目押しの快感に呻いた。

ようやく恵利香が口を離し、なおも残りを搾るように幹を指でしごき、尿道口から滲む白濁の雫まで丁寧に舐め取ってくれた。

「ああ、も、もういい……、有難う……」

伸司は腰をくねらせ、ヒクヒクと幹を過敏に震わせながら言った。

すると恵利香も舌を引っ込めて顔を上げ、手早く総入れ歯を装着すると、元の綺麗な歯並びに戻った。

そして恵利香はチロリと舌なめずりしてから伸司に添い寝し、彼の呼吸が整い余韻から覚めるまで、美緒と左右から挟みつけてくれたのだった。

4

「じゃあ、シートベルトを締めて、ミラーを自分に合うように調整」

助手席から、美緒がてきぱきと伸司に指示してくれた。

遅めの昼食を終えて休憩してから、美緒が運転を教えてくれることになったのだった。

彼女の白い乗用車である。伸司は生まれて初めて運転席に座り、緊張よりもワクワク感を覚えていた。何しろ町中ではなく、対向車も信号もない私有地内を走るのである。

「じゃ、エンジンを掛けて、ブレーキを踏んで」

いちいち隣から美緒が言い、伸司もエンジンを掛けた。

心地よい振動が伝わり、言われるままサイドブレーキを倒してシフトレバーをドライブに入れた。

そしてゆっくりブレーキペダルから足を離してアクセルに移すと、車が微速で前進しはじめた。

屋敷前の駐車場だが、門は広いからぶつけることもないだろう。

「じゃあ、外に出て左の山の方へ」

美緒が言い、伸司はハンドルを十時十分の位置に握って門を出ていった。

オートマチックだから、ペダルはアクセルとブレーキだけ。彼は幼い頃に遊園地でゴーカートに乗ったことを思い出していた。

緩やかな坂を上ると、途中で草が伸び放題の広場があった。

「ここは戦時中に、飛行場の計画があった場所なの。戦後は公園にする話もあったけど、そのままになっていて、私もここで運転の練習をしたんです」

言われて広場を見ると、美緒が練習していたときのまま、あちこちに赤い三角コーンが置かれていたので、それを目印に伸司はバックや縦列駐車、S字カーブなどを繰り返し行った。

ウインカーは、本来他の車や人に対してアピールするものだが、もちろん周囲に誰もいない今もちゃんと点灯させた。

車は最新式の装備があるので、カーナビや後方モニターも付いている。

「覚えが早くて、案外センスがいいです」

美緒が言う。伸司は、原付免許もなく、辛うじて自転車に乗っていた程度だが隣に彼女がいるので楽しかった。

最初のうち本当は、彼は美緒と車の中で妖しい行為に及びたいと思っていたのだが、運転してみると夢中になった。しかも昼前には、あまりに濃厚な3Pをしたばかりなのである。

そして伸司は日が傾く頃まで車を転がし、やがて坂道を下って門から入り、屋敷前の駐車場に戻ってきたのだった。

すると奈保美の高級車が停まっていたので、太一郎も帰宅したようだった。

並んで停めるとようやくエンジンを切り、伸司はほっと溜息をついた。

「恐かった？」

「ううん、楽しかった。またお願い」

彼は答え、シートベルトを外して車を降りた。

屋敷に入ると、食堂では太一郎と奈保美が席に着き、志穂が料理を並べていた。

美緒もすぐ手を洗って志穂を手伝い、伸司が席に着くと、ちょうど太一郎がビールの栓を抜いた。

奈保美は運転して帰るので、太一郎は自分と伸司にだけビールを注ぎ、奈保美は烏龍茶で乾杯した。

「もう間もなく竜骨、オロチの骨が完全になくなる」

太一郎が喉を潤して言う。

「これで、恵利香も好きに出来るだろう。ずいぶん長く拘束してしまった」

「ええ、インプラントにして、東京で暮らしたいようです」

奈保美も答え、太一郎も頷いた。

「あれなら、どこへ行っても大丈夫だろう」

「ええ、頭脳も体術も申し分ないので、私の大学の武道教官に推薦も出来ます」

「ああ、相談に乗ってやってくれ」

太一郎が言い、伸司もビールを飲み、運ばれてくる料理をつまんだ。

「じゃ二階が空くのですね。竜骨はなくても、生娘の体液での製薬は続けるのでしょうから、何なら工場から良い子を探しますか」

奈保美が言う。キッチンでは志穂や美緒も聞いているのだが、そうした内容は誰もが承知しているのだろう。

「いや、もう生娘と銘打たず、二十歳前の娘、ということにするつもりだ。それなら美緒で良いだろう」

太一郎が言うと、ちょうど料理を運んできた美緒が答えた。

「いいですよ。短大に行く合間だけなら」

「ああ、それで良い」

太一郎も、孫娘でも見るように眼を細めて言った。製薬も、恵利香がいなくなれば、もう口嚙みによる方法もせず、ただ薬草の粉と体液の調合をするだけなのだろう。

そして、どうやら美緒が処女を喪ったことも承知のようで、伸司は何やら決まり悪かった。

何しろ天井裏からは、各部屋が覗ける屋敷なのだ。

太一郎本人ではないにしろ、誰もが忍びの術を心得ていて、何もかも屋敷内のことは当主に報告されているのではないだろうか。

「顧客たちも、好色とはいえ相当な高齢ばかりだ。その連中を最後に、媚薬の方は止めにして、月影製薬一本にしようと思う」

太一郎が言った。

さすがに彼も時代の流れを痛感しているようで、若い世代は媚薬どころか、性行為への興味すら薄れているという。

もちろん太一郎は月影製薬に名を貸すだけで経営にはタッチしていないが、誰もが一族の傍系なので当主を崇め奉っているようだ。

伸司はその直系で唯一の孫だから、社の運営に加わらなくても食いっぱぐれはないだろう。

それならば、なおさら執筆で自立しなくては面目が立たない。

やがて料理が揃うと、母娘も席に着いて食事をした。

「恵利香さんの料理は私が運びましょう。ついでに二階で、先々のことを相談して参ります」

奈保美が言って席を立ち、志穂が用意した膳を持って食堂を出ていった。

伸司も、ビール一杯だけで食事にした。

「私は、明日も出かけるわ」

美緒が言う。もう夏休みも残り少ないし、恵利香がいるうちに自由にしたいのだろう。

「今日は、運転の練習をしたのか」

太一郎が、ワインに切り替えて伸司に言った。

「はい、楽しかったです」

「そうか、どんどん好きなことをやると良い。もう屋敷内も迷わなくなったようだしな。東京に帰りたくはないか」

「ええ、帰りたくありません」

　伸司が答えると、太一郎も満足げに頷いた。

　やがて食事を終えると、もう入浴は済んだらしく太一郎は自分の部屋に戻っていった。

　伸司は大きな風呂で入浴をし、湯に浸かりながら歯磨きを済ませると、そのまま自室に戻った。

　その頃には、もう奈保美も恵利香との話を終え、車であの山中の家へと戻ったようだった。風呂ぐらい借りてゆけば良いのに、また井戸端で水を浴びるだけなのだろう。見た目は現代的で颯爽とした奈保美だが、暮らしぶりは昭和そのものであった。

　美緒も風呂に入り、あとは自室に戻るだけなのだろう。

　夕食を終えると、この家の夜は早い。あまりテレビなど見ることもなく、それぞれが部屋に戻って休むだけである。その代わり朝は、誰もが夜明け前に起きるようだった。

伸司は横になり、今日も濃厚な3Pや車の運転など、色々あったことを思い出した。

まだ眠くなく、淫気を催したが、自分で処理する気にはなれない。また良いことが起きるだろうから、そのときのためである。

東京で奈保美と出会ってから、すっかりオナニーはしなくなった。

するとそのとき、まるで伸司の淫気を察したように、足音が聞こえて戸が軽くノックされたのだった。

5

「あ、志穂さん……」

「構いませんか、坊ちゃま」

伸司が出ると、和服姿の志穂が笑みを含んで立っていた。

どうやら美緒も自室に入り、起きているのは志穂だけのようだ。もちろん彼女はまだ入浴前である。

もちろん彼は気が急くように志穂を招き入れ、寝巻代わりの甚兵衛を全て脱ぎ去ってしまった。

「まあ……」

ピンピンに突き立ったペニスを見て、志穂が感嘆の声を洩らした。

そしてすぐに帯を解きはじめたので、やはり用事や話などではなく、彼女も淫気を抱えてきたようだった。だから伸司の勃起に、来て良かったと思っていることだろう。

伸司が全裸になり、興奮しながらベッドで待っていると、志穂も優雅な仕草で衣擦れの音を立てながら着物を脱いでゆき、生ぬるく甘ったるい匂いを立ち籠めさせていった。

やがて志穂が一糸まとわぬ姿になり、ベッドに身を横たえてくると、彼は身を起こして母の妹分だったという美熟女の熟れ肌を見下ろした。

他の誰よりも豊かな巨乳が呼吸とともに上下し、透けるように白い肌が匂うように息づいていた。

伸司は彼女の足裏から舌を這わせ、形良く揃った指の間に鼻を押し付けて嗅いだ。今日も一日中立ち働き、そこは生ぬるい汗と脂に湿り、蒸れた匂いが濃厚に沁み付いていた。

「あう、そこから……？」

志穂は呻いて言ったが、もちろん拒みはせず身を投げ出してくれていた。

伸司は鼻腔を刺激されながら匂いを貪り、爪先にしゃぶり付いて順々に指の股に舌を割り込ませて味わった。

「アア……」

志穂が熱く喘ぎ、ヒクヒクと肌を震わせた。

伸司は両足とも味と匂いを貪り尽くすと、彼女を大股開きにさせて脚の内側を舐め上げていった。

白くムッチリと張り詰めた内腿をたどり、軽く歯を立てて肌の弾力を味わうと志穂がピクリと反応した。

そして伸司が熱気と湿り気の籠もる股間に迫っていくと、すでに熟れた柔肉が大量の愛液に濡れはじめているのが分かった。

我慢できずすぐにも顔を埋め込み、柔らかな恥毛に鼻を擦り付けて嗅ぐと、蒸れた汗とオシッコの匂いが悩ましく鼻腔を刺激してきた。

胸を満たしながら舌を挿し入れ、淡い酸味のヌメリを掻き回しながら、かつて美緒が生まれてきた膣口を念入りに探った。そしてゆっくりクリトリスまで舐め

上げていくと、

「アアッ……、い、いい気持ち……」

志穂が身を反らせて喘ぎ、内腿できつく彼の両頰を挟み付けてきた。

伸司は濃厚な匂いに噎せ返りながら、チロチロと舌先で弾くようにクリトリスを舐め回しては、新たに湧き出す愛液をすすった。

そして味と匂いを堪能してから、彼女の両脚を浮かせ、白く豊満な尻に迫っていった。

谷間の蕾に鼻を埋め込み、顔中を弾力ある双丘に密着させながら蒸れた匂いを吸収した。

舌を這わせて細かに収縮する襞を濡らし、ヌルッと潜り込ませて滑らかな粘膜を探ると、淡く甘苦い微妙な味わいが感じられた。

「く……」

志穂は呻き、モグモグと肛門で彼の舌先を締め付けてきた。

伸司は舌を出し入れさせるように動かし、ようやく脚を下ろすと再び割れ目に顔を埋め、匂いを貪りながら新たなヌメリを舐め取った。

そしてチュッとクリトリスに吸い付くと、

「アア、お願い、入れて下さいませ……」

控えめな志穂が、自分からせがんできた。

伸司も、清楚な美熟女に要求されて興奮を高め、身を起こすと股間を進めていった。

急角度にそそり立つ幹に指を添えて下向きにさせ、先端を濡れた割れ目に擦り付け、ヌメリを与えながら位置を定めた。

ゆっくり潜り込ませていくと、張り詰めた亀頭が入り、あとはヌルヌルッと滑らかに根元まで吸い込まれていった。

「アアッ……、いい……！」

志穂が顔を仰け反らせて喘ぎ、味わうようにキュッキュッと締め付けた。

伸司も股間を密着させて脚を伸ばし、身を重ねていった。

屈み込んで乳首に吸い付き、顔中を豊かな膨らみに押し付けると心地よい弾力が返ってきた。

両の乳首を交互に含んで舐め回し、たまに軽く嚙むと、

「あう……、もっと強く嚙んで構いません……」

志穂が、キュッときつく膣内を締め付けて呻いた。もちろん強く嚙むわけにい

かないので、左右の乳首をコリコリと歯で刺激し、充分に味わってから彼女の腋の下に鼻を埋め込んだ。

色っぽい腋毛には、濃厚に甘ったるく蒸れた汗の匂いが籠もり、嗅ぐたびに悩ましく胸に沁み込んできた。

伸司は充分に鼻腔を満たしてから白い首筋を舐め上げ、上からピッタリと志穂に唇を重ねた。

「ンン……」

彼女も熱く鼻を鳴らして舌をからめ、両手でしがみついてきた。

そして下からズンズンと股間を突き上げはじめてきたので、伸司は志穂の熱い息で鼻腔を湿らせ、合わせて腰を遣いはじめた。

溢れる愛液ですぐにも律動が滑らかになり、ピチャクチャと湿った摩擦音が響いてきた。

「アア……、い、いきそう……！」

口を離し、艶めかしく唾液の糸を引きながら志穂が喘ぎ、次第に突き上げを激しくさせてきた。まるで伸司を乗せたままブリッジするように腰を跳ね上げ、彼は抜けないよう懸命に動きを合わせた。

そして美熟女の熱く湿り気ある吐息を嗅ぎながら、濃厚な白粉臭の刺激に高まっていった。

「気持ちいいわ……、い、いっちゃう……、アアーッ……！」

志穂が口走り、自分から忍んで来ただけあって、すぐにオルガスムスに達したようだ。ガクガクと狂おしい痙攣を繰り返し、彼をバウンドさせながら収縮と潤いを増していった。

しかし、辛うじて伸司は漏らさずに踏みとどまっていた。

今は美熟女の凄まじい絶頂を観察するのに専念し、それにまだおしゃぶりもしてもらっていないので、彼女が落ち着いた二度目で果てようと思ったのだ。

それだけ伸司も、短い間に自身の絶頂をコントロールできるようになっていたのだろう。

「ああ……」

収縮を続けていた志穂が声を洩らし、力尽きたようにグッタリと身を投げ出していった。伸司も辛うじて我慢し、動きを止めて重なった。

「すごかったわ。でも坊ちゃま、まだいっていないのですね……」

さすがに分かるようで、志穂が荒い息遣いを繰り返しながら言った。

「ええ、もう少ししたらゆっくり……」

伸司は答え、そろそろと身を起こして股間を引き離した。

「立てますか。一度バスルームへ」

言うと、志穂も懸命に身を起こし、言われるまま従って立ち上がった。

伸司も彼女を支えながら一緒にバスルームへ行き、シャワーの湯を出す前に床に座り込んだ。

「ね、出して……」

言うと志穂も心得ていて、正面に立ったまま彼の顔に股間を突き出してくれた。伸司も顔を埋め、まだ濃厚に籠もっている性臭を貪りながら割れ目内部に舌を挿し入れた。

蠢かせていると、たちまち奥の柔肉が迫り出すように盛り上がり、微妙に味わいと温もりが変化してきた。

「あう、出ます……」

志穂が言うなり、チョロチョロと熱い流れが彼の口に注がれてきた。

伸司も舌で受けて、淡い匂いと味わいのオシッコを喉に流し込んだ。

こうしたものを取り入れたいと思うこと自体、女性から出たものを媚薬とする月影家の血を引いているということなのだろう。

一瞬勢いが付いたが、あまり溜まっていなかったか、すぐにも勢いが衰え、間もなく流れは治まってしまった。

彼は残り香の中で舌を這わせ、余りの雫をすすり、割れ目内部を舐め回した。

すると、新たな愛液が溢れてきた。

「も、もう堪忍……」

ビクッと志穂が腰を引いて言うので、彼も身を起こした。

「じゃあ、シャワーは後回しにして戻りましょう」

伸司は言い、一緒にバスルームを出た。

オシッコはこぼさず飲んでしまったし、シャワーを浴びると彼女の潤いが消えてしまう。

再びベッドに戻り、彼が仰向けになると、志穂は心得たように屈み込んで先端に舌を這わせはじめてくれた。

そして張り詰めた亀頭をしゃぶり、熱い息を股間に籠もらせてすっぽりと喉の奥まで呑み込んでいった。

「アア、気持ちいい……」

伸司はうっとりと喘ぎ、彼女の口の中で幹を震わせながら身を投げ出した。

志穂も幹を締め付けて吸い、舌をからめて唾液で濡らし、顔を上下させてスポスポとリズミカルな摩擦を開始してくれた。

彼も股間を突き上げ、すっかり高まってきた。

「ま、跨いで入れて下さい……」

言うと志穂はスポンと口を離し、身を起こして前進した。さっき激しい絶頂を得たというのに、厭わず跨がり、先端に割れ目を押し当てた。

彼女がゆっくり腰を沈み込ませていくと、彼自身は再びヌルヌルッと滑らかに根元まで呑み込まれていった。

「アアッ……、奥まで届きます……」

志穂が顔を仰け反らせて喘ぎ、ピッタリと股間を密着させた。そして膣内を締め付けながら身を重ね、彼の胸に巨乳を押し付けてきた。

伸司も両手を回して抱き留め、両膝を立てて豊満な尻を支えた。

そして彼女の顔を抱き寄せ、下からピッタリと唇を重ねて舌を潜り込ませ、ネットリとからめながらズンズンと股間を突き上げはじめた。

「ンンッ……！」

志穂が熱く鼻を鳴らし、息で彼の鼻腔を心地よく湿らせた。

溢れる愛液に動きが滑らかになり、何とも心地よい摩擦と締め付けが彼自身を包み込んだ。

彼女も徐々に腰を遣い、収縮が増して大量の愛液を漏らしてきた。

「ああ、またすぐいきそう……」

志穂が口を離し、唾液の糸を引いて喘ぎ、さっきより濃くなった白粉臭の息をかぐわしく吐き出した。

伸司は彼女の顔を引き寄せたまま、喘ぐ口に鼻を押し込み、美熟女の濃厚な口の匂いに酔いしれながら突き上げを強めていった。

このまま志穂の口に呑み込まれ、温かな腹の中に収まって溶けてしまいたい衝動（しょうどう）にすら駆られた。

志穂も腰を遣いながらチロチロと伸司の鼻の穴を舐め回してくれ、彼は息の匂いに混じる唾液の香りにも激しく高まった。

「い、いく……、気持ちいい……！」

とうとう伸司は大きな絶頂の快感に全身を貫かれて口走り、ありったけの熱いザーメンをドクンドクンと勢いよくほとばしらせてしまった。

「あう、すごいわ……、アアーッ……！」

奥深い部分を直撃されると、それでオルガスムスのスイッチが入ったように志穂が喘ぎ、ガクガクと狂おしい痙攣を開始した。

仲司は心ゆくまで快感を噛み締め、美熟女の吐息の匂いで胸を満たしながら、最後の一滴まで出し尽くしていった。

すっかり満足しながら徐々に突き上げを弱めていくと、

「ああ……」

志穂も声を洩らし、熟れ肌の硬直を解いてグッタリともたれかかってきた。

まだ膣内が味わうようにキュッキュッと締まり、射精直後で過敏になった幹が中でヒクヒクと断末魔のように震えた。

そして仲司は豊満な美熟女の重みと温もりを全身で受け止め、熱く濃厚な白粉臭の吐息で鼻腔を刺激されながら、うっとりと快感の余韻に浸り込んでいったのだった。

もし仲司が美緒と一緒になれば、志穂は義母になるのだが、そうなってからでもさせてくれるのだろうかと彼は思った。

「すごく良かったです。じゃあ、ゆっくりお休み下さいね」

呼吸を整えると志穂が言って身を起こし、ティッシュで割れ目とペニスを拭ってから、手早く身繕いをした。

そして全裸のままの彼に薄掛けを掛けると、志穂は静かに部屋を出て行ったのだった。

第六章　女体に包まれる日々

1

「いよいよ、オロチの骨もこれで終わりです」

翌日の朝、伸司が朝食を終えて二階に上がっていくと、恵利香が神妙(しんみょう)な面持(おもも)ちで言った。彼女はいつもの桃色の作務衣姿で、きちんと正座して薬研を前にしていた。

すでに精力剤の薬草も全て粉にされて整い、混ぜる体液その他も小瓶に揃って準備されていた。

これから恵利香は、処女最後の秘薬作りに臨もうとしているのだ。

そして、済んだあとは処女を喪うため、伸司に挿入されることを望んで、立ち会いを求めてきたのである。

伸司も、黙って彼女の作業を見守った。

やがて恵利香は薬草の中に、すでに採っていた愛液を垂らし、灰色の粉、小さじに半分ほど残っていたオロチの竜骨を全て入れた。

それを口に含んで咀嚼し、処女の唾液と混ぜては小瓶に吐き出していった。

それを、あとから太一郎が丸薬として生成するのだろう。

恵利香は何度かに分けて、最後の秘薬成分を含んで念入りに嚙み、トロトロと吐き出していった。

秘薬の材料が全てなくなると、彼女は口に唾液を溜め、口中を洗い流すようにしてから、白っぽく小泡混じりの粘液を小瓶に垂らし込み、紙で蓋をして糸で縛った。

「終わりました」

「お疲れ様です」

「では歯を洗ってきますので、脱いでお待ちを」

恵利香は、すぐにも情交したいように言って立ち、洗面所へ行って総入れ歯を洗った。

さらに口を漱ぎ、再び装着して戻ってきた。息の匂いはほとんど無臭になってしまい、刺激がなくて残念だが仕方がない。

「どうか、今日は私のベッドで」

恵利香が言い、伸司を作業場の布団ではなく自室に招き入れた。

やはり淡いとはいえ薬草の匂いが立ち籠める作業場より、恵利香の部屋の方が甘ったるく悩ましい匂いがしていた。

彼女が作務衣を脱ぎはじめたので、伸司も手早く全裸になった。

先に恵利香のベッドに横になると、枕には彼女の濃厚な匂いが沁み付いて鼻腔が刺激された。

恵利香も全て脱ぎ去り、引き締まった肢体を息づかせて添い寝してきた。

二十七歳まで秘薬作りに没頭し、処女を保ち続けた彼女だが、自分などが最初で良いのだろうかと彼は思った。

それでも恵利香はすっかり興奮を高めたように、彼に肌を密着させてきた。

伸司は上になり、仰向けになった恵利香の乳房に屈み込んでいった。

別に最後の秘薬作りということで身を清めていたわけでもなく、恵利香はいつものように自然のままの体臭を漂わせていた。

チュッと乳首に吸い付いて舌で転がし、張りのある膨らみに顔中を押し付けて弾力を味わい、もう片方の乳首にも指を這わせると、

「アア……」

恵利香がビクリと反応し、熱く喘いだ。やはり処女喪失が強く意識され、普段よりずっと感度が良くなっているのだろう。

伸司は左右の乳首を交互に含んで舐め回し、充分に膨らみを味わってから、彼女の腕を差し上げて艶めかしい腋毛に鼻を埋め込んで嗅いだ。

この腋や脛の体毛も、上京前に全て手入れしてしまうのだろうから、野趣溢れる魅力が味わえるのも、これが最後かも知れない。

生ぬるく湿った腋毛には、濃厚に甘ったるい汗の匂いが籠もり、彼は心地よく噎せ返りながら美女の体臭を貪った。

胸を満たしてから肌を舐め下り、臍を探って下腹の弾力を顔中で味わい、腰から脚をたどっていった。

まばらな体毛のある脛を舐め下り、足首まで行って足裏に回り、踵から土踏まずを舐めてから指の間に鼻を押し付けて嗅いだ。

恵利香は日頃から、ろくに外など出ていないだろうに、指の股は汗と脂に生ぬるく湿り、ムレムレの匂いが濃く沁み付いていた。

伸司は悩ましい匂いで鼻腔を刺激されながら陶然となった。

そして爪先にしゃぶり付いて、全ての指の股を味わった。

「あう……」

恵利香がビクリと脚を震わせて呻き、クネクネと身悶えはじめていた。

仲司は両足とも味と匂いを貪り尽くすと、いったん顔を上げ、

「うつ伏せになって」

言うと彼女も素直にゴロリと寝返りを打った。

彼は再び屈み込み、踵からアキレス腱を舐め、脹ら脛からヒカガミ、太腿から尻の丸みをたどっていった。

腰から滑らかな背中を舐め上げると淡い汗の味がし、

「ああ、気持ちいい……！」

背中は感じるらしく、恵利香が顔を伏せて喘いだ。

仲司も念入りに背中を舐め回し、髪に鼻を埋めて嗅ぎ、耳の裏側も蒸れた匂いを嗅いで舐め回した。

再び背中を舐め下り、うつ伏せのまま股を開かせると、いよいよ尻の谷間に迫った。指でムッチリと双丘を広げ、レモンの先のように艶めかしく突き出た蕾に鼻を埋めて熱気を嗅いだ。

舌を這わせ、ヌルッと潜り込ませて粘膜を探ると、淡く甘苦い味わいが伝わってきた。

「く……」

恵利香が呻くたび、キュッと肛門で舌先が締め付けられた。

伸司は執拗に舌を蠢かせて美女の粘膜を味わい、ようやく顔を上げると、察したように恵利香が自分から再び寝返りを打って仰向けになった。

彼も顔を進め、白く張りのある内腿をたどって中心部に迫った。

柔らかな茂みに鼻を埋め込むと、生ぬるく蒸れた汗とオシッコの味が鼻腔を掻き回し、彼が舌を挿し入れると淡い酸味を含む大量のヌメリが迎えた。

伸司は膣口の襞をクチュクチュと掻き回し、親指の先ほどもある大きなクリトリスまでゆっくり舐め上げていった。

「アア……、いい……」

恵利香がビクッと顔を仰け反らせて喘ぎ、内腿でキュッときつく彼の顔を挟み付けてきた。

彼はもがく腰を抱え込んでクリトリスに吸い付き、匂いに酔いしれながら溢れる愛液をすすった。

今は処女の体液だが、これも間もなく無垢でなくなってしまうのである。

「嚙んで……」

恵利香が息を詰めて言う。処女とはいえ性感だけは常人以上に研ぎ澄まされているので、触れるか触れないかというソフトな愛撫よりも強い刺激が好みなのだろう。

軽く前歯でコリコリと刺激してやると、

「あうう、もっと強く……」

恵利香が身を反らせて硬直し、新たな愛液を漏らしながら呻いた。

伸司も、痛くならない程度に嚙み、溢れる蜜をすすった。

「も、もういい、今度は私が……」

すると彼女が身を起こして言うので、伸司も股間から這い出して仰向けになっていった。

恵利香もすぐ彼の股間に移動し、両脚を浮かせて肛門を舐めてくれ、ヌルッと潜り込ませてきた。

「く……、気持ちいい……」

伸司は呻き、股間に熱い息を受けながら肛門で美女の舌先を締め付けた。

恵利香は中で舌を蠢かせ、脚を下ろして陰嚢をしゃぶり、さらに前進して肉棒の裏側を舐め上げてきた。

滑らかな舌が先端まで来ると、彼女は指で幹を支えて粘液の滲む尿道口を舐め回し、張り詰めた亀頭にしゃぶり付いた。

そのままスッポリと根元まで呑み込むと、幹を締め付けて吸い、念入りに舌をからめてきた。

もちろん恵利香は手早く総入れ歯を手の中に吐き出し、濡れて滑らかな歯茎による愛撫を繰り返してくれた。

伸司も美女の口の中でヒクヒクと幹を震わせて快感を味わったが、恵利香は唾液で濡らしただけでチュパッと口を離し、身を起こしてきた。

「いい？　入れるわ……」

再び歯を装着し、意を決して言うと、彼も仰向けのまま頷いた。

どうやら彼女は、女上位で初体験を迎えたいようで、伸司にとっては願ってもないことであった。

恵利香は彼の股間に跨がり、先端に濡れた割れ目を押し当て、覚悟を決めたようにゆっくり腰を沈めていった。

張り詰めた亀頭が潜り込むと、あとは潤いと重みで彼自身はヌルヌルッと滑らかに膣口に呑み込まれ、ピッタリと股間が密着した。

「アアッ……、いい気持ち……！」

恵利香が顔を仰け反らせて喘ぎ、グリグリと股間を擦り付け、味わうように締め付けてきた。処女とはいえ、すでに張り型の挿入を体験しているのできつくはなく、肉襞の摩擦が実に心地よかった。

伸司も二人目の処女を味わい、仰向けのままじっとしていた。

恵利香は目を閉じて息を詰め、血の通った肉棒をキュッキュッと締め上げ、やがて身を重ねてきたので、彼も両手で抱き留め、膝を立てて尻を支えた。

2

「アア、温かくて柔らかくて、すごくいい……」

恵利香が伸司の胸に乳房を押し付け、彼の肩に腕を回して肌を密着させながら囁いた。もちろん彼自身はピンピンに硬くなっているので、張り型よりは柔らかいという意味だろう。

伸司も彼女の肩に両手を回し、ズンズンと股間を突き上げはじめた。挿入に慣れているので遠慮は要らない。

「ああ、もっと……」

恵利香も合わせて腰を遣いながら喘ぎ、収縮と潤いを増していった。

「唾を出して……」

言いながら彼が下から唇を重ねると、恵利香も舌をからめながらトロトロと生温かな唾液を注いでくれた。

長年の秘薬作りのため、誰よりも多くの唾液を分泌させることに慣れているのだろう。

伸司はうっとりと味わい、小泡の多い唾液で喉を潤した。

「歯を外して……」

さらにせがむと、恵利香は手を口に当てて上下の総入れ歯を外してくれた。

そして彼は歯のない口に鼻を押し込むと、恵利香は舌を這わせ、滑らかな歯茎で鼻を愛撫してくれた。

唾液の匂いに混じり、彼女本来のシナモン臭が淡く鼻腔を刺激し、彼は激しく高まりながら突き上げを強めていった。

律動しながら彼女が大きなクリトリスまで擦り付け、さらにコリコリと恥骨(ちこつ)の膨らみまで彼の股間に押し当てられた。

「アア、いきそうよ……」

恵利香が声を上ずらせ、摩擦を早めると伸司の方もたちまち大きな絶頂の波に全身を包まれてしまった。

「い、いく……！」

彼が快感に口走り、熱い大量のザーメンをドクンドクンと勢いよくほとばしらせると、

「あ、熱いわ、いい気持ち……、アアーッ……！」

噴出を感じた途端に恵利香も声を上げ、ガクガクと狂おしいオルガスムスの痙攣を開始したのだった。やはり張り型は射精しないので、今までで一番、挿入で大きな快感が得られたようだ。

伸司も快感に打ち震えながら股間を突き上げ、心置きなく最後の一滴まで出し尽くしていった。中出しで大丈夫かと思ったが、恵利香がすんなり受け入れているので構わないのだろう。

満足しながら徐々に突き上げを弱めていくと、

「アア……」

恵利香も声を洩らし、強ばりを解いてグッタリともたれかかってきた。

まだ膣内がキュッキュッと締まり、刺激された幹が内部で過敏にヒクヒクと跳ね上がった。

「ああ、まだ動いてる……」

恵利香が言い、応えるように収縮を続けた。

伸司は重みを受け止め、熱くかぐわしい吐息で鼻腔を満たしながら、うっとりと快感の余韻に浸り込んでいったのだった。

これで、美緒に続き二人目の処女を頂いたのだが、もちろん恵利香は出血などしないだろうし、最初から大きな絶頂を得て満足げだった。

「ね、このままもう一度して……」

恵利香が呼吸を整えながら言うなり、彼にしがみついたままゴロリと身を反転させた。

「うわ……」

いきなり正常位になり、伸司は戸惑いながらも彼女にのしかかった。やはり忍者のような体力や技を持ち、重なったまま体位を変えるのも巧みだった。

しかも果てたあとも彼は萎(な)えなかったので、抜けることもなかった。

そう、恵利香は他の誰より秘薬の成分を吸収しているから、その体液を舐めている伸司も、いつしか絶倫の力を得ているのかも知れない。

恵利香も、長年の念願だった初めての膣感覚によるオルガスムスを、立て続けに体験したいのだろう。

上になった彼は、今度は正常位で腰を突き動かしはじめた。

「アア、いいわ、もう一度中に出して……」

恵利香は下から貪欲に両手でしがみつき、両脚まで彼の腰にからめて股間を突き上げた。

伸司も彼女の喘ぐ口に鼻を押し込み、歯茎と舌で舐めてもらいながら、いつしか股間をぶつけるように動きはじめていた。

一度目の射精の無反応期もあっという間に過ぎ、新たな快感がジワジワと突き上がってきた。

「ああ、またすぐいきそう……」

恵利香がクネクネと身悶えて喘ぎ、新たな愛液を漏らして互いの股間を生ぬるくビショビショにした。

思えば彼は、恵利香の口と膣と、アナルセックスまで体験したのである。

仲司が動くたび、ピチャクチャと淫らに湿った摩擦音が響いた。

「い、いく……、アアーッ……！」

恵利香が喘ぎ、たちまちオルガスムスの波が襲ってきたようにガクガクと腰を跳ね上げた。

その収縮に巻き込まれるように、続いて彼も二度目の絶頂を迎えてしまった。

「く……、気持ちいい……」

仲司は快感に口走り、まだ残っていたかと思えるほど、ありったけのザーメンをドクンドクンと勢いよく注入した。

「ああ……、もっと……」

恵利香が喘ぎ、飲み込むようにキュッキュッと膣内を締め付けた。

それはまるで、彼女の歯のない口に含まれ、舌鼓でも打たれているような快感だった。

全て注ぎ込むと、仲司は動きを止めてグッタリともたれかかった。

「アア、良かったわ……」

恵利香も硬直を解き、身を投げ出して言った。

彼自身は収縮の中でヒクヒクと震え、仲司は恵利香の熱い息を嗅ぎながら余韻を味わった。

そして呼吸を整え、そろそろと身を起こして股間を引き離すと、すぐに彼女も起き上がり、ティッシュの処理もせず二人でバスルームに移動した。

「東京へ行っちゃうなら、サウナも勿体ないね」

シャワーを浴びながら言うと、

「美緒ちゃんが私の部屋を使うでしょう。二十歳までは秘薬の需要があるので」

恵利香が答えた。

「いつ行くの？」

「今日にでも、奈保美さんが連れてってくれるので」

「そんな急に……？」

恵利香が言うので、彼は急に名残惜しくなったが、すでに彼女の心は新生活に飛んでいるのだろう。

奈保美のことだから、恐らく太一郎に言われ速やかに都内のマンションぐらい準備しているに違いない。それに恵利香の部屋は、実に私物が少ないので引っ越しも楽なようだ。

「ね、オシッコ出して」

伸司が座って言うと、恵利香も立ち上がって片方の足を浮かせてバスタブのふちに乗せた。彼は開いた股間に鼻と口を埋め、名残惜しげに大きなクリトリスに吸い付いた。

「あう、すぐ出るわ……」

恵利香がビクリと反応して言い、本当にすぐチョロチョロと熱い流れを漏らしてきた。彼は舌に受け、処女でなくなったばかりの流れを味わい、うっとりと喉を潤した。

流れが治まると、伸司は残り香の中で余りの雫をすすった。

やがて恵利香がT字剃刀(かみそり)を出した。腋や脛を剃(そ)りはじめるようだ。

東京でエステにでも通うつもりらしいが、その前に自分で出来るだけ処理するつもりらしい。全ての仕事を終えたので、今までしなかったお洒落(しゃれ)にも気持ちを向けたいのだろう。

「じゃ、僕は先に降りてるね」

「ええ、私もすぐ行くので」

伸司が言うと恵利香も答え、彼は先にバスルームを出て身体を拭いた。

そして作務衣を着て階下に降りると、間もなく昼食のようで、松野母娘の他に太一郎と奈保美も揃っていた。

　恵利香の処女を頂いたことは誰もが知っているだろうから、さすがに伸司は決まりが悪かった。

　もちろん誰もそのことに触れることはなく、昼食の仕度をして恵利香が降りてくるのを待ったのだった。

3

「これがマンションの鍵と住所、そしてインプラントをしてくれる医者」

　恵利香が食卓に着くと、奈保美がキイとメモを差し出した。

　やはりすでに、恵利香の就職先まで全て手配が済んでいるようだった。

「ええ、有難うございます」

　恵利香は受け取り、やがて六人で昼食を囲んだ。

「まあ、たまには帰ってくると良い」

「ええ、もちろんです」

「本当に、長いことご苦労だった」

　太一郎が言い、恵利香だけビールとワインが付いた。

一同も、本当は祝いの晩餐をしたかったのだろうが、恵利香はすぐにも上京を望んでいる。

やがて昼食を終えると恵利香は着替え、さして未練げもなく奈保美の車で出ていったのだった。

それを皆で見送ると太一郎は部屋に引っ込み、母娘は二階を片付け、恵利香の部屋に美緒の荷物を運び、伸司も手伝った。

これから、美緒が二階の住人となるのだ。もちろんオロチの骨もないし、今までのように忙しく製薬することもないだろうから、美緒も夏休みが終われば普段通り短大に通うことになろう。

片付けが一段落すると、志穂は階下へ降り、二階には伸司と美緒が残った。

「じゃあ、これから、美緒が唾やオシッコや、愛液や汗を溜めるんだね？」

伸司は胸をときめかせて訊いた。

昼前に恵利香と二回したというのに、相手が変わるとすぐにも熱い息に包まれてしまった。

「ええ、でも恵利香さんみたいに薬草を嚙んだりはしないので、あとは大旦那様が私の体液を使って丸薬に生成するだけです」

美緒が答える。それぞれの体液を小瓶に垂らして封をするだけなら、さしたる労働ではないだろう。

「そう、でもそんなに貴重なものを僕が飲んだりするのは勿体ないね」

「そんなことないです。好きな人にならいくらでも出るので」

美緒が答え、伸司は痛いほど股間が突っ張ってきてしまった。

「いい？　唾を飲ませて」

言いながら作務衣を脱ぎ去り、彼は全裸になって部屋のベッドに仰向けになった。枕カバーもシーツも新たに用意したものだから、まだ美緒の匂いは沁み付いていない。

すると美緒も、手早く全裸になって添い寝してきてくれた。

彼は仰向けのまま、美緒に身を重ねさせ、顔を迫らせた。

「ああ、何て可愛い……」

囁きながら笑窪の浮かぶ頰に触れると、健康的な張りが感じられた。

「可愛いなんて言わないで下さい。もう大人なのだから」

「そう、じゃあ、綺麗だよ。いっぱい飲ませて」

言って唇を重ねると、美緒も懸命に唾液を出し、口移しにトロトロと注ぎ込んでくれた。

　伸司は生温かく小泡の多い、この世で最も清らかな液体を味わい、うっとりと喉を潤した。そして舌をからめ、滑らかに蠢く美少女の舌を味わい、果実臭の吐息で熱く鼻腔を湿らせた。

　唾液をすすりながら弾力ある膨らみに手を這わせ、指の腹でコリコリと乳首をいじると、

「アア……」

　美緒が口を離して熱く喘ぎ、伸司は桃の匂いのする甘酸っぱい吐息を嗅いで鼻腔をいっぱいに満たした。

　恵利香との3Pは夢のように心地よかったが、やはり本来は一対一の方が淫靡さが増し、一人の相手にジックリ専念できるものだと彼は思った。

　やがて伸司は美少女の首筋を舐め下り、左右の乳首を順々に含んで舌で転がした。彼女がビクリと反応するたび、甘ったるい体臭が悩ましく揺らめいて鼻腔をくすぐった。

　彼は念入りに両の乳首を味わい、もちろん腋の下にも鼻を埋め込み、生ぬるく甘い汗の匂いを貪った。

「ああ……、くすぐったいわ……」

美緒が喘ぎ、次第に力が抜けていくように身を投げ出したので、彼は上になって肌を舐め下り、足の指の間に鼻を割り込ませて嗅いだ。今日もそこは汗と脂に湿り、蒸れた匂いが悩ましく沁み付いていた。

彼は両足とも匂いを吸収してから爪先にしゃぶり付き、全ての指の股に舌を潜り込ませて味わい尽くした。

そして股を開かせ、ムチムチと張りのある脚の内側を舐め上げ、ムッチリした白い内腿に舌を這わせた。

弾力ある内腿にそっと歯を立てると、

「あう……」

美緒が呻いて腰をくねらせた。

「痛かった？　ごめんね」

「ううん、もっと強く嚙んでもいいです。歯形が付くほど」

言うと美緒が答えた。もちろんそうはいかないが、伸司は左右の内腿を歯で挟み、モグモグと咀嚼するように弾力を味わった。

「ああ……、いい気持ち……」

美緒がクネクネと身悶え、熱く息を弾ませた。

そして中心部に迫ると、割れ目は驚くほど大量の蜜にまみれ、はみ出した花びらもヌラヌラと光沢を放って潤っていた。

もう堪らずに顔を埋め込み、若草の丘に鼻を擦り付けて嗅いだ。

隅々には生ぬるく蒸れた汗とオシッコの匂い、それにほのかなチーズ臭も混じって悩ましく鼻腔が刺激された。

「いい匂い」

「あん……！」

嗅ぎながら思わず言うと、美緒が羞恥に呻いてキュッときつく内腿で彼の両頬を挟み付けてきた。

伸司は美少女の性臭に噎せ返りながら舌を挿し入れ、清らかな蜜を舐め回し、息づく膣口の襞から小粒のクリトリスまでゆっくり舐め上げていった。

「アアッ……！」

美緒がビクッと顔を仰け反らせ、伸司の顔を挟む内腿に力を込めた。

伸司は嗅ぎながら淡い酸味のヌメリを掬い取っては、チロチロと舌先でクリトリスを弾いた。

愛撫しながら見上げると、下腹がヒクヒクと波打ち、志穂に似て膨らみを増した乳房の間から艶めかしく仰け反る顔が見えた。

味と匂いを堪能してから彼女の両脚を浮かせ、尻の谷間に迫り、可憐な薄桃色の蕾に鼻を埋め込んで嗅いだ。

顔中を双丘に密着させながら蒸れた匂いを貪り、舌を這わせてヌルッと潜り込ませると、

「く……」

美緒が呻き、キュッと肛門で舌先を締め付けてきた。

伸司は滑らかな粘膜を探り、ようやく脚を下ろして再び割れ目に戻り、新たな蜜をすってクリトリスに吸い付いた。

「も、もうダメです……」

美緒が嫌々をし、降参するように身をよじった。

クリトリス感覚での絶頂が迫ったものの、やはり彼と一つになり、覚えたばかりの膣感覚を得たいのだろう。

伸司が股間から這い出して仰向けになると、美緒は自分から移動して彼の股間に腹這いになった。

彼が両脚を浮かせ、手で谷間を広げて尻を突き出すと、すぐ美緒も厭わずに舌を這わせてくれた。チロチロと肛門を舐め回して濡らし、息を籠もらせてヌルッと潜り込ませると、

「あう……」

伸司は妖しい快感にゾクゾクと胸を高鳴らせて呻き、モグモグと味わうように肛門で美少女の舌先を締め付けた。

美緒も中で舌を蠢かせ、彼が脚を下ろすと舌を離して陰嚢にしゃぶり付いてくれた。

二つの睾丸が舌で転がされ、せがむように幹を上下させると、美緒も前進してペニスの裏側を舐め上げてきた。先端まで滑らかに舌を這わせると、粘液の滲む尿道口を探り、張り詰めた亀頭を含み、吸い付きながら少しずつ喉の奥まで呑み込んでいった。

「ああ、気持ちいい……」

伸司は快感に喘ぎ、美少女の口の中で幹を震わせた。

「ンン……」

美緒も熱く鼻を鳴らして声を洩らし、幹を締め付けて吸った。熱い鼻息が恥毛

をくすぐり、口の中ではクチュクチュと満遍なく舌がからみついた。

さらに顔を上下させ、スポスポと摩擦してくれたので、

「いいよ、跨いで入れて……」

すっかり高まった伸司が言うと、すぐに彼女もチュパッと口を離して身を起こし、前進して跨がってきた。そして唾液に濡れた先端に割れ目を押し付け、ゆっくり腰を沈めて膣口に受け入れていったのだった。

4

「アアッ……、いい気持ち……」

ヌルヌルッと一気に嵌め込むと、美緒が顔を仰け反らせて喘いだ。股間を密着させ、グリグリと何度か擦り付けてから身を重ねてきた。

伸司も、何とも心地よい温もりと感触を味わいながら両手で抱き留め、両膝を立てて尻を支えた。

美緒は、もう痛みもなく、ペニスを味わうように膣内を締め付けていた。

「ね、唾を掛けて、強く」

「そんなこと出来ません……」

せがむと美緒がか細く答え、膣内を収縮させた。

「顔中ヌルヌルにされたいので、どうか」

言うと美緒も、命令には逆らえないように口に唾液を溜めた。それに、してはいけないことをする興奮で、急激に潤いが増してきたのだった。

そして顔を寄せると、愛らしい唇をすぼめて息を吸い込み、控えめにペッと吐き出してくれた。

「ああ、気持ちいい、もっと思い切り……」

伸司は、美少女の吐息と唾液を顔に受けて喘いだ。

すると、さらに美緒は強く多めに吐きかけ、生温かな唾液の固まりがピチャッと鼻筋を濡らした。

「アア……」

彼は興奮を高め、ズンズンと股間を突き上げはじめた。美少女の唾液がヌラリと頬の丸みを伝い、甘酸っぱく匂った。

「ああ、こんなことさせるなんて……」

美緒が息を震わせた。大昔なら、下忍が頭目の血筋の顔に唾液を吐きかけるなど有り得ないことだろう。

しかし彼女も興奮を高め、いつしか激しく腰を遣いはじめていた。

「顔中舐めて……」

さらに言うと、美緒も舌を這わせ、彼の鼻の穴から頬までチロチロと舐め回してくれた。それは舐めるというより、垂らした唾液を舌で塗り付ける感じで、たちまち彼の顔中が清らかな唾液にヌラヌラとまみれた。

「ああ、いきそう……」

伸司は美少女の唾液と吐息の匂いで鼻腔を刺激され、肉襞の摩擦と締め付けの中で激しく絶頂を迫らせていった。

すると美緒の方も、小さなオルガスムスの波を感じはじめたようにヒクヒクと小刻みな痙攣を開始した。

そして彼が激しく股間を突き上げ、甘酸っぱい吐息で鼻腔を満たすうち、

「い、いっちゃう……、アアーッ……！」

たちまち美緒が声を上ずらせ、ガクガクと本格的に昇り詰めてしまったようだった。きつい締め付けと収縮の中、伸司も続けて絶頂に達してしまい、大きな快感に貫かれた。

「く……！」

呻きながら、ありったけの熱いザーメンをドクンドクンと勢いよくほとばしらせると、

「ああッ、いい気持ち……！」

噴出を感じた美緒が駄目押しの快感に喘ぎ、キュッキュッときつく締め上げてきた。伸司は快感を嚙み締め、心置きなく最後の一滴まで出し尽くし、満足しながら動きを弱めていった。

するとと美緒も力尽きたように硬直を解き、グッタリと体重を預けてきた。

しかし膣内の収縮が繰り返され、刺激された幹が中でヒクヒクと過敏に跳ね上がった。

「アア……、震えが、止まらないわ……」

美緒が息を弾ませて言い、やはり前回よりもさらに大きな快感が得られたようだった。もともと感じやすい血筋なのだろうし、いったん目覚めてしまえば、するごとに良くなるようだ。

伸司は美少女の温もりを受け止め、甘酸っぱく濃厚な果実臭の吐息を嗅ぎながら、うっとりと余韻を味わった。

溶けて混じり合いそうなほど長く重なっていたが、やがて呼吸を整えると美緒

がそろそろと身を起こしていった。

彼も起き上がり、一緒にバスルームに移動した。

これからは、このバスルームを美緒が毎日使うことになるのだろう。

シャワーの湯で互いの全身を洗い流すと、もちろん伸司は床に座り、貴重な秘薬の素を求めてしまった。

美緒も心得たのか、彼の前に立ち、股間を突き出しながら自ら指で割れ目を広げてくれた。

ためらいなくしてくれるのが実に嬉しく、すぐにも彼はムクムクと回復してしまった。

洗って匂いの薄れた割れ目を舐め回すと、美緒がヒクヒクと反応しながらも、下腹に力を入れて尿意を高めた。

舌を這わせていると、間もなく味わいと温もりが変化し、

「あう、出ます……」

美緒が短く言うなり、チョロチョロと熱い流れがほとばしってきた。

それを舌に受けて味わい、清らかな流れで喉を潤した。勢いが増すと溢れた分が心地よく肌を伝い流れ、淡い匂いが揺らめいた。

間もなく流れが治まると、彼は残りの雫をすすり、割れ目内部を舐め回した。

「ああ、もう……」

美緒が言い、ビクッと腰を引いた。

伸司も口を離し、もう一度二人でシャワーを浴び、身体を拭いてバスルームを出た。

すっかりペニスは回復しているが、もう今日は充分なので伸司は階下へ降りることにした。

美緒も、恵利香の仕事を引き継ぐための勉強があるのだろう。

（そろそろ、持ち込み小説にもかからないと……）

自室に戻った伸司は思い、快楽三昧の日々ばかりではいけないと自分を戒めたのだった。

やがて夕食を済ませると、その夜は何事もなく彼は自室で休むことにし、今後のことに思いを馳せながら眠りに就いたのだった。

5

「あの、さっき奈保美さんからメールで呼び出しがあったので、これから彼女の家に行ってきますね」

　翌日の朝食を終えると、伸司は志穂に言った。どうやら奈保美は恵利香を東京まで送り、泊まらずに帰ってきたようだ。

「私、今日は短大に顔を出すので、途中まで車で送りますね」

　美緒が言ってくれ、仕度をすると二人で屋敷を出た。

「運転して下さい。奈保美さんの家の近くまでは私有地なので」

　美緒に言われ、伸司は作務衣姿で運転席に座った。

　そして美緒が助手席に座ってシートベルトを締めると、彼はエンジンを掛け、ゆっくりスタートした。

　門を出て緩やかな坂道を下り、伸司は注意深く走った。

　やがて山道を抜けて平坦な道に出ると、しばらくは左右の景色も背の高い草ばかりだ。

　それでも進むうち、彼方に月影製薬の建物や信号、他の家々や電柱などが見えてきた。

「確かこの辺りから入ったと思うけど」

「ええ、もう少し先です」

仲司は言い、美緒の指示でもう少し進んでから、言われて停車した。

エンジンを掛けたままサイドブレーキを掛け、仲司が車から降りると、美緒も降りて運転席に座った。

「じゃ、気をつけてね」

「はい、行ってきます」

言うと美緒が答え、そのままスタートして町の方へ走り去っていった。

それを見送り、仲司は草に覆われた道に踏み込んでいった。このぐらいの距離なら、散歩がてら歩いて屋敷に戻っても良いだろう。

草深い道だが、車が行き来している跡もあり、間もなく向こうに奈保美の高級車と、古い一軒家が見えてきた。

「ごめん下さい。仲司です」

玄関まで行って声を掛けると、

「入って」

奥から奈保美の声がし、彼は施錠されていない引き戸を開けて中に入った。

上がり込むと、下着姿の奈保美が、敷かれた布団から半身を起こし、メガネを掛けたところだった。

「あ、寝ていたんですか、済みません」

「ううん、いいのよ。今日はオフだから、どこにも出ないつもり」

言うと奈保美は答え、部屋の隅に置いた紙袋を差し出した。

「東京のお土産（みやげ）。美緒ちゃんに頼まれていた化粧品と、あとはお菓子よ。持っていって」

「分かりました」

彼は答え、畳に座った。

奈保美は昨日、車で恵利香を東京まで送って契約しているマンションに行き、一緒にインプラントの歯科医やエステなどの手続きを済ませ、二人で夕食をしたらしい。

そして奈保美はそのまま強行軍で明け方に帰宅し、伸司にメールしてから横になっていたようだ。

「恵利香も、初体験をすごく喜んでいたわ」

奈保美は、眠気で朦朧とすることもなく歯切れよく言った。

「そうですか。念願の体験なのに、僕なんかで良かったのか心配でしたが」

「ううん、良かったって言っていたわ。それから、これは恵利香が、若に持っていてくれって」

奈保美が言って、小さな包みを出した。

受け取って中を見ると、何と恵利香の総入れ歯上下と、処女を与えた木製の張り型で、先端が破瓜の血で黒ずんでいる。

「はあ、じゃ、記念に持っておきますね」

伸司は答えた。恵利香も、もう総入れ歯など不要なほど集中的にインプラント手術を受けるのだろう。月影家の財力なら歯科医を貸し切りにするのもわけないに違いない。

そしてエステにも通い、恵利香が働きはじめるのは来月からだろう。

やがて職場を中心に、新たな男を探すのかも知れない。

伸司は、長年美女の口の中にあった総入れ歯と、年季の入った張り型を見て股間を熱くさせた。

それでなくても、下着姿の奈保美と室内に籠もる濃厚な匂いで勃起しはじめていたのだ。

あばら屋に近い古めかしい家の中に、颯爽たる美女がいるのは、何ともアンバランスな魅力がある。

まった。
「構わないわ。脱いで」
伸司が言うと、奈保美も彼の淫気を察したように答え、下着を脱ぎはじめてし
まった。
彼も手早く作務衣と下着を脱ぎ去り、二人同時に全裸になった。
「屋敷の中で、誰がいちばん好き？」
一糸まとわぬ姿で横になりながら、唐突に奈保美が訊いてきた。彼が好むのを
知っているので、メガネだけは掛けたままだ。
「そ、それは奈保美さんですよ。強いし綺麗だし、それに何たって、僕にとって
最初の女性なのだから」
「そう、いいわ、好きにして」
奈保美が身を投げ出して言うので、彼も全裸のメガネ美女に迫った。
まずは足裏に舌を這わせ、形良く揃った足指の間に鼻を押し付けていった。
今までで一番ムレムレになった濃厚な匂いを嗅ぐと、どうやら奈保美は恵利香
の新居ではシャワーも浴びなかったようだ。
あるいは、もしかしたら最後の入浴は一昨夜ではないだろうかと思い、期待に

胸と股間が脹らんだ。

　充分に蒸れた匂いを嗅いでから爪先にしゃぶり付き、両足とも味と匂いを存分に貪り尽くした。

　身を投げ出していても、もう奈保美は眠ってしまうこともなく、じっと彼を見下ろして好きにさせてくれた。

　そして彼は奈保美の両脚を全開にさせ、限りないバネを秘めた逞しい脚の内側を舐め上げていった。ムッチリと張り詰めた白い内腿を舌でたどり、股間に迫ると、熱気と湿り気が顔中を包み込んだ。

　はみ出した陰唇を指で広げると、溢れる愛液で指先が滑りそうになった。

　ピンクの柔肉はヌラヌラと潤い、息づく膣口からは白っぽく濁った本気汁まで滲み出ていた。

　颯爽たる大人の女性が、自分などに期待と興奮を覚えているのが嬉しかった。

　吸い寄せられるように顔を埋め込み、柔らかな茂みに鼻を擦り付けて嗅ぐと、やはり濃厚に蒸れた汗とオシッコの匂いが混じり合い、悩ましく鼻腔を刺激してきた。

　伸司は何度も深呼吸し、いつになく奈保美の濃い匂いを貪りながら舌を這わせ

ていった。淡い酸味のヌメリを掻き回し、膣口の襞からツンと突き立ったクリトリスまで舐め上げると、

「アアッ……、いい気持ち……!」

すぐにも奈保美が熱く喘ぎ、内腿で彼の顔を締め付けてきた。

普段はクールビューティなのだが、やはり男の疲れ魔羅(まら)のように疲労しているので感じやすくなっているのかも知れない。

伸司は彼女の反応に嬉々としてクリトリスを吸い、溢れる愛液をすすった。

そして濃厚な味と匂いを堪能してから、奈保美の両脚を浮かせ、形良い尻に迫った。

両の親指でグイッと谷間を広げ、キュッと閉じられたピンクの蕾に鼻を埋めて嗅ぐと、秘めやかに蒸れた匂いが鼻腔を悩ましく刺激してきた。

そして舌を這わせて充分に襞を濡らし、ヌルッと潜り込ませて滑らかな粘膜を探ると、

「く……!」

奈保美が呻き、モグモグと肛門で舌を締め付けてきた。

伸司は甘苦い粘膜を味わい、舌を出し入れさせるように動かすと、

「も、もういい……」

前後を舐められ、すっかり高まった奈保美が言って身を起こしてきた。

入れ替わりに彼が仰向けになると、奈保美はすぐにも屈み込み、張り詰めた亀頭にしゃぶり付いた。

念入りに舌をからませ、スッポリと喉の奥まで呑み込み、吸い付きながら熱い息を股間に籠もらせた。そして何度かスポスポと摩擦し、唾液にまみれさせると口を離し、気が急くように身を起こして前進してきたのだ。

どうやら、少しでも早く挿入したいほど高まっているようだ。

伸司の股間に跨がると、奈保美は先端に割れ目を擦り付けながら位置を定め、ゆっくり座り込むと、ヌルヌルッと滑らかに根元まで受け入れていった。

「アアッ……、いい……！」

股間を密着させると、奈保美は艶めかしい表情で喘いだ。

彼女が身を重ねてきたので伸司も抱き留め、膝で尻を支え、膣内の温もりと感触を味わった。

そして伸司は潜り込むようにして左右の乳首を含んで舐め回し、顔中で膨らみを味わってから、腋の下にも鼻を埋め込み、熱く籠もる濃厚で甘ったるい汗の匂いに噎せ返った。

するとと奈保美は、待ち切れないように股間を擦り付けて貪欲な律動を開始した。

伸司も下からしがみつきながら、合わせてズンズンと股間を突き上げた。

そして彼女の顔を引き寄せ、ピッタリと唇を重ねて舌を潜り込ませた。

滑らかな歯並びを左右にたどると、奈保美もネットリと舌をからめてきた。

生温かな唾液が注がれ、彼が夢中で貪りながら息で鼻腔を湿らせるとレンズが曇った。

その間も互いの動きが続いていたが、

「アア、すぐいきそうよ……」

奈保美が唾液の糸を引いて口を離し、熱く喘ぎながら収縮を強めた。

メガネ美女の吐息は濃厚な花粉臭の刺激を含み、彼を酔わせた。

喘ぐ口に鼻を押し込んで奈保美の吐息を胸いっぱいに嗅ぐと、彼女本来の花粉臭に、オニオン臭やプラーク臭も悩ましく混じり、濃い刺激が鼻腔を掻き回してきた。

「い、いく……！」

伸司は、匂いの刺激と摩擦快感でたちまち昇り詰め、口走りながら熱いザーメンを勢いよくほとばしらせてしまった。

「か、感じるわ、すごい……、アアーッ……!」

すると奈保美も同時に声を上げ、ガクガクと狂おしいオルガスムスの痙攣を開始したのだった。

収縮は最高潮になり、粗相したかと思えるほど大量の愛液が漏れて彼の尻にまで熱く伝い流れてきた。

伸司は心ゆくまで快感を噛み締め、最後の一滴まで出し尽くすと、すっかり満足しながら突き上げを弱めていった。

「アア……、良かったわ……」

奈保美も肌の強ばりを解きながら動きを止め、満足したような声を洩らしたのだった。

グッタリともたれかかっても、まだ膣内は名残惜しげな収縮が繰り返され、彼自身が中でヒクヒクと過敏に跳ね上がった。

そして彼は、彼女の重みと温もりを受け止め、濃厚な吐息を胸いっぱいに嗅ぎながら、うっとりと余韻に浸り込んでいった。

（さあ、快楽に溺れず自分の道を模索しないと……）
伸司は力を抜き、賢者タイムの中で殊勝なことを思ったのだった……。

※この作品は双葉文庫のために書き下ろされたもので、完全なフィクションです。

双葉文庫

む-02-59

ふしだらな蜜宴(みつえん)

2023年8月9日　第1刷発行

【著者】
睦月影郎(むつきかげろう)

【発行者】
箕浦克史
【発行所】
株式会社双葉社
〒162-8540 東京都新宿区東五軒町3番28号
［電話］03-5261-4818(営業部)　03-5261-4868(編集部)
www.futabasha.co.jp(双葉社の書籍・コミックが買えます)
【印刷所】
中央精版印刷株式会社
【製本所】
中央精版印刷株式会社

【フォーマット・デザイン】
日下潤一

ISBN978-4-575-52687-5 C0193
Printed in Japan